破阵子丛书

梦回
吹角连营

徐贵祥 著

重庆出版集团 重庆出版社

图书在版编目（CIP）数据

梦回吹角连营 / 徐贵祥著. —— 重庆：重庆出版社，2017.10
ISBN 978-7-229-12566-0

Ⅰ.①梦… Ⅱ.①徐… Ⅲ.①散文集—中国—当代 Ⅳ.①I267

中国版本图书馆CIP数据核字（2017）第193236号

梦回吹角连营
MENGHUICHUIJIAOLIANYING

徐贵祥 著

策　　　划：	华章同人
出版监制：	陈建军
责任编辑：	徐宪江　黄卫平
责任印制：	杨　宁
营销编辑：	张　宁
装帧设计：	视觉共振设计工作室

重庆出版集团
重庆出版社　出版
（重庆市南岸区南滨路162号1幢）

投稿邮箱：bjhztr@vip.163.com
北京汇瑞嘉合文化发展有限公司　印刷
重庆出版集团图书发行有限公司　发行
邮购电话：010-85869375/76/77转810

重庆出版社天猫旗舰店
cqcbs.tmall.com

全国新华书店经销

开本：880mm×1230mm　1/32　印张：7.5　字数：130千
2017年10月第1版　2017年10月第1次印刷
定价：55.00元

如有印装质量问题，请致电023-61520678

版权所有，侵权必究

徐贵祥，安徽省霍邱县人，1959年12月出生，现为解放军艺术学院文学系主任，全国政协委员，中国作家协会副主席。著有长篇小说《仰角》《历史的天空》《高地》《八月桂花遍地开》《明天战争》《特务连》《四面八方》《马上天下》等。获第七、九、十届中国人民解放军文艺奖，获全国精神文明第八、十、十一届"五个一工程"奖，获第六届茅盾文学奖。

目录

辑一　南来北往

- 2　我的家乡
- 11　老街沧桑
- 19　行走古战场
- 25　阳春三月问弋阳
- 38　乾坤之湾
- 45　穷人树

辑二　吹角连营

- 56　冬天里的一把火
- 61　向右看齐
- 65　目标正前方
- 67　从安阳出发
- 72　一次让人后悔的"伏击战"
- 75　军艺生活点滴
- 83　枣树里的阳光
- 92　冶炼之路
- 101　当兵当到了天边边

辑三 良师益友

- 106 战友旧事
- 114 温暖的压力
- 118 我和《安徽日报》
- 121 一言为定
- 128 写本好书送给你
- 135 欢迎师兄莫言
- 141 同裘山山在一起的日子
- 151 两个女人千年一叹
- 157 奔走于文学内外

辑四 说文谈艺

- 162 从"另类"到"一样"——《历史的天空》创作谈
- 166 和平年代的战争往事——《特务连》创作谈
- 170 寻找英雄——《马上天下》创作谈
- 174 假如我们都是杨靖宇——《八月桂花遍地开》创作谈
- 177 一张旧地图——《高地》创作谈
- 182 常双群的来历
- 187 一个女兵,半部《仰角》
- 192 说对说错皆用心——文学系师生合集《背锅人》序
- 199 田野之上有我们的城郭——《四面八方》后记
- 203 探视人性深处的明与暗
- 210 文学想象唤醒科学想象
- 214 一只手和一千只手
- 221 阅读与发现
- 229 擦一根火柴照亮人生

辑一

南来北往

我的家乡

我的家乡洪集镇在大别山北麓,那是一片肥沃的文化土壤。往远处看,江淮流域,群星璀璨,历史上有桐城派驰名中外,近现代有陈独秀、胡适、蒋光慈等文化名人。近距离看,叶集区(原属霍邱县)本来就是著名的文藻之乡,上个世纪三十年代,鲁迅先生创办的未名文学社,七名成员中就有四个人是叶集人,他们是台静农、韦素园、李霁野和韦丛芜,都是青史留名的文学大家。我是在走上文学道路之后才知道,陀思妥耶夫斯基、夏洛蒂·勃朗特、果戈理,这些灿若明星的文豪原来离我们如此亲近,似乎就在我们身边,因为我们的身边有台静农、韦素园、李霁野、韦丛芜,正是他们用深邃的思想和生花妙笔把那些文学巨匠拉到我们的身边,把他们关怀底层、呼唤自由的文学作品送到我们的眼前,让我们感受到文学的温暖和强大,让我们拥有一颗善良美好的文心。

我上小学的时候,正好赶上"文革"开始,洪集镇的运动也如火如荼,街上有一些读书人跟着起哄,串联、游行、批斗,煞有介事,还演样板戏，好像还一度把公社的名字改为"红光镇"。那时候虽然教学乱得一塌糊涂，但是我却因祸得福，读了很多书，其中多数是安徽作家的作品，这些书被当地的造反派当作毒草收缴起来，存放在公社大院的一个小楼子里。我的父亲时任公社宣传委员，有一些方便，所以我能得逞偷书，偷回来和我姐姐抢着看，有时候为了争夺一本书，我们姐弟俩打得不可开交，房前屋后打游击战运动战。那个时期是我文学启蒙的重要时期，我读的书有陈登科的《风雷》，李晓明和韩安庆的《破晓记》，还有《安徽文学》杂志和《活页中华文选》，都是"文革"前出版的。记忆中，那时候的《安徽文学》杂志好像是24开本的，特种纸封面，"安徽文学"这四个字非常漂亮，介于魏隶之间，风格独特，采用起凸工艺印刷，就像钢印那样压出来。现在回想起来，觉得不可思议。在上个世纪六十年代，条件还是很艰苦的，温饱问题尚不能很好地解决，却把一个文学杂志办得这样精美，这样考究，说明在安徽人的心目中，文学是一件多么神圣的事情！

　　记得是在上初中的时候，我从《安徽文学》上读过一个电影文学剧本，名叫《白色的蔷薇花》，作者是谁记不清了，叙述的是一个三角恋爱故事：三个同学，一个富人家出身的男同学长大后成了国军少校，欺男霸女，强娶女同学为妻，后来被人民政府镇压；那位真正同女同学有爱情关系的男主角参加了解放军，解放后当了县长，以宽厚的胸怀，收养那位国军少校和女同学的女儿，并继续追求那位女同学。女同学无颜面对，悬梁自尽了。这部作品虽然有着明显的"阶级斗争"概念痕迹，但是写得凄婉动人，很有人性的深度，给我留下了深刻的印象。

如果说童年、少年时期的偶然阅读激发了我对文学的兴趣，那么，我真正产生创作激情和创作念头，还是在青年时代。十八岁以前，我的故乡有两个，一个是姚李镇，一个是洪集镇，两地相距十一公里。我出生在姚李，长在洪集，十三岁以前主要生活在洪集，按照朱自清的说法，一个人的童年生活在哪里，他的故乡就是哪里。那么，我的故乡当然是洪集，但说在姚李也没有错，除了它是我的出生地以外，还因为过去姚李是区政府（县政府的派出行政机构）所在地，洪集是姚李的地盘，我父亲又先后在姚李担任过农科所长、公社主任（乡长）、副区长等职务。我童年的时候，我父母的工作在这两个小镇上来回调动，我们家就像一条小船，跟着我的父亲和母亲来回颠簸。

我在洪集读初中的时候，有一个语文老师叫王启昌，读书很多，语文功底很好，课讲得才华横溢，就是他最早预测了我的文学前程。有一次我写了一篇作文《在田间》，叙述一个基层干部早出晚归拾粪积肥的事迹，王老师给的批语是，这篇文字不一定是好作文，但它是一篇好作品，并作为范文在课堂上朗读。王老师对我的作文要求特别苛刻，同时也给了我很多额外的指导。

后来在姚李读高中，语文老师叫汪泛舟，古文功底非常深厚。那时候不重视课堂成绩，学生爱听不听，但是汪老师仍然十分认真，讲古文抑扬顿挫，字斟句酌，津津有味。我调到解放军艺术学院工作之后，有些体会，一个老师讲课质量高低，不仅取决于他的知识能力，甚至同他讲课的表情、口吻、口型和语气、语调、语速等等都有关系。至今我还记得，汪老师给我们讲《薛谭学讴》："薛谭学讴于秦青，未穷青之技，自谓尽之，遂辞归。秦青弗止，饯于郊衢，抚节悲歌，声振林木，响遏行云。薛谭乃射求反，终身不敢言归。"就这五十多个字的文章，讲了一堂课，布置我们做作业，一是模仿此文做一篇古文，二是写一篇体会文章。我参军之后仍能背诵两篇课文，一是《曹刿论战》，二是《薛谭学讴》。现在回想起来，我的有限的古文知识和兴趣，主要就来自那个时期。汪老师在上个世纪七十年代末恢复高考之后，四十多岁还考上了研究生，现在在敦煌研究所当研究员，著述颇丰，出版《敦煌石窟僧诗校释》《敦煌儒家蒙书与意义略论》等等。从他那里，我得到的更多的是对于文学的热爱和执着精神。

除了在学校直接受益，家乡的社会文化氛围对我的影响也是很大的。我在姚李读书的时候，姚李区文化站站长绰号叫周老飘，大高个，这个人给我的印象，一辈子只做了一件事情，就是抓农村文化，有很多青年都围拢在他的身边，跟他学拉胡琴，学演出，学写剧本。我亲眼看过他导演动作，牛高马大的一条汉子，还会翘兰花指。那时候县里搞文艺调演，我们姚李区的代表队，不是第一名就是第二名，很少第三。姚李区的文艺演出队还经常代表县队到地区参加调演竞赛。那时候我还在上学，下自习回来，经常见到文化站灯火通明，歌声琴声锣鼓声，声声入耳。在那种环境里，我不可能不受影响，经常蠢蠢欲动。反正那时候上学不用交作业，不用考试，有的是时间，我也学着写诗，写散文，好像也照葫芦画瓢写过剧本。

前些年，《历史的天空》获奖之后，我回到故乡，我的姚李中学师兄、六安市委宣传部部长喻廷江安排我到大别山采风，路上还跟我回忆当年参加姚李文艺宣传队的情景。他们一帮子少男少女，住在文化站里，日子过得无比清苦，半夜起来煮白菜，但是精神很愉快。当年的文艺骨干谢德新也说过，他也是在那个时候，跟周老飘学了不少东西，为后来担任领导职务打下了厚实的文化基础。

我父亲在洪集公社当书记的时候，洪集文化站的站长是汪礼堂，我从部队探亲回家，父亲就会把汪站长请到家里，切磋文艺之道。后来我父亲和汪站长相继调到姚李区工作，还是在一起。汪站长跟周站长一样，一干也是十几年，也是只做一件事情，抓农村文化。当然，时代不同了，要求也不一样，汪站长的文化工作内容更丰富了，他把一个乡镇的广播站扩大成了一个县的第二电视台，以一个乡镇的力量办起了文学刊物《漫流河》，还成立了一个漫流河文学社，继续培养文学人才，这些人都是业余的，有的执教，有的行医，有的从政，还有的务农经商，有年轻人，有中年人，也有老年人，但是文学热情普遍很高。有个叫王和文的个体户，多年坚持写小说，还发表了不少。这些人很让我感动，我觉得，他们就像我的同盟，就像我的大后方。

二〇〇三年，"非典"时期我探亲被滞留在乡五十五天。就是在那段时光里，我意外地收获了一个惊喜，结识了家乡的文化前辈史红雨先生，又通过他认识了徐航老师。小时候就听父母说过，史老师是大才子，安徽大学的老牌大学生，有不少传奇故事。接触之后，深感此人才华横溢，谈起家乡逸闻趣事如数家珍，表达情感妙语连珠。有一次他和另一文友朱德奎带我到燕子河镇参观，车子爬上山腰，极目远眺，蓝天白云，大别山群峰叠翠，蔚为壮观。山间农耕童牧，俨然世外桃源。兴之所至，我们三人你一句我一句背诵毛主席诗词：一山飞峙大江边，跃上葱茏四百旋……真是豪情万丈，欢歌笑语随风飘扬。就是那一年，在史老师、徐航老师和师兄喻廷江等人的陪同下，我几乎走遍了皖西的名山古镇，也是那一次，灵感泉涌，后来写出了长篇小说《八月桂花遍地开》。史红雨老师和徐航老师合著了一本《皖西漫步》，是一本十分珍贵的地域文化读物，几乎囊括了皖西的名胜古迹和风俗人情，我为此还写了一篇文章《文化的力量》，表达了我对此书的喜爱心情。

上个世纪七八十年代，家乡还有一位很活跃的民间文艺工作者，叫陶锦源，是个深受当地百姓喜爱的民歌词作者，获过很多奖。当年歌唱家朱明瑛走红的时候，唱过的一首脍炙人口的歌，就是陶老师所作。他的弟子张振喜、穆志强至今还在这条路上不屈不挠地往前走，而且两个人的歌词作品都获过省以上的奖项。坦率地说，我能成为一名作家，在文坛产生一定的影响，有很大程度得益于家乡浓郁的文化氛围的熏陶。

还有一点需要特别强调的，我的故乡不仅是"文藻之乡"，还是一片红色的土地。众所周知,皖西地区地处鄂豫皖革命根据地,诞生过许多战争人物,原济南军区副司令员杨国夫中将的故居,和我家原是一个村的,洪集会馆村。原东海舰队司令员陶勇中将的老宅,离我家直线距离也就是十几里路。这两个人都是赫赫有名的战将,在家乡流传着他们的很多传奇。全国政协副主席,原总后勤部长洪学智将军籍贯金寨县斑竹园,离我家直线距离也只有几十里路。前些年我在解放军出版社担任总编室主任,组织编辑力量为老人家整理回忆录,有次采访,正逢中秋,老人家听说我是皖西人,非常高兴,坚持让我们留在家里过八月十五,席间还不厌其烦地让工作人员给我们夹菜,甚至下意识地亲自起身找酒,家乡人那种好客的习惯让我们感到十分亲切。

小时候听大人讲故事,耳濡目染,现在受益无穷。小说是虚构的,但不完全是空穴来风,我们对于人物的认识,对于生活的理解,离不开家乡文化的熏陶。我的作品以家乡为地理文化背景,实际上就是占领了一座精神高地,近水楼台,得天独厚、取之不尽。我的所有作品几乎都有故土文化的痕迹,这说明故乡情结已经成了我血液的一部分。《历史的天空》和《八月桂花遍地开》是倾注了我最多心血的两部作品,都以皖西地理文化为背景,之所以这么选择,是因为那里有我熟悉的人、事、情、景,还因为有感情,所以写来一切都历历在目,得心应手。我曾在接受一家媒体采访时说:心里涌动的是故乡情,笔下流淌的是淮河水,江淮大地上升起了历史的天空,皖西的山山水水都有桂花开。

就在我写这篇文章之前的一个月,传来消息,我的家乡姚李和洪集两个镇子,同时划出霍邱县行政编制,归属六安市叶集区。如此一来,我由原先的"霍邱人"又摇身一变成了"叶集人"了,所以我得专门谈谈叶集。

事实上,对于叶集,我同样有亲近感,我读中学的时候,霍邱除了县城以外,另有三所中学,河口中学,三元中学,叶集中学,而尤以叶集中学最为驰名,在我的印象中,我老家的教育界和文化界但凡有点建树的,多数出自叶集中学。考高中的时候,我本人对叶集中学的向往,几乎不亚于对北京和上海的向往。上个世纪六七十年代,霍邱县和六安地区两级,每年都要举行文艺调演,叶集镇的业余文艺演出队,实力最强,经常拔得头筹。

叶集是一个历史悠久的文化名镇,西接大别山脉,南织淮河水系,史河干渠穿镇而过,接壤两省三县,清代中叶《霍邱县志》记载有"邑中舟车之集,商贾所凑以叶家集为最"之说。同时,这里也是红色革命根据地,著名的将军县金寨和叶集同饮一河水。我早年读过的小说《破晓记》,把叶集描述得像一个神秘的城市。而我小时候,也确实把叶集当作城市,不仅因为那里有电灯电话和几座三层小楼,更因为那里有很多神奇的人物和故事。

上个世纪末,安徽省将叶集划出霍邱县建制,成为经济单列的县级实验区,应该说,除了发展经济的考虑,更有文化的考虑,"未名四杰"等先贤创造的文化资源,功在千秋,福泽当代。我近年探亲回乡，经常去叶集采风，仍然能够感受到延绵不绝、势头益猛的乡土文风，在大别山东北方向缭绕弥漫。

　　几十年来，叶集的作家、学者和文学青年薪火相传，老一辈的文化人有安天国、姜兴云、朱德奎等。从叶集走出去的学者黄开发，现任北京师范大学文学院教授、博士生导师。主要从事周作人研究，以及中国现代文学观念和现代汉语散文研究。主要著作有《文学之用——从启蒙到革命》《人在旅途——周作人的思想和文体》等，选编过《未名社作品选》。在叶集镇土生土长的中学老师黄圣凤，目前已经出版个人文学专著五部：诗文集《野菊花的秋天》、散文集《一路轻歌》、散文集《一棵树的穿越》、诗歌集《凤的江山》、散文集《等一朵花盛开》等等，在文坛产生很大的影响。与此相应的是，叶集区的母体霍邱县，近年来文学创作更是枝繁叶茂，人才辈出，如小说作家张子雨、陈斌先，打工诗人柳冬妩，散文作家穆志强、张烈鹏、徐有亭，歌词作家张冰，等等。如今霍邱县、叶集区已经成为两个平级的行政区划，但是这两个县区的文学朋友，在精神上还是一个整体，非常荣幸的是，我也是这个群体中的一员。

老街沧桑

小时候，我认为老街是一座城市，至少曾经是一座城市，再至少将来也会是一座城市。

老街坐落在皖西中部丘陵的一个高台子上，基本上呈"F"形，三条大街构成了老街的全部。上面一横的右端，顶着我就读的小学，教室好像是道家建筑，我记得大梁上还画着八卦图案。"F"下面那一短横，一直伸向街南头，顶端是一座清真寺。我姥姥家住在老街的中心，不偏不倚正好在下面那一短横和一竖的交界处，姥姥家的后面已不是街区，往北是一个土坎，再往北是河湾，那便是老街的"郊区"了。河湾里有茂密的树林，摇曳的竹影，老街人生活的重要源泉龙井也镶嵌在河湾中间。而龙井，在我的老街记忆中，是最具神秘色彩的，关于它的传说至今还在影响我。

老街的路心铺着整齐的青色石板，这些青色石板不仅承载着生活的步履，也勾勒着老街的历史，有些石板上还镌刻着文字。街上住着卖油条的，刻私章的，轧棉花的，修收音机的，卖百货的，木匠、篾匠、铁匠、理发匠、染坊、油坊、米坊、豆腐坊,还有清末太监,下放干部,一应俱全,应有尽有。每到夏天,街上有叫卖鸡头米(芡实)的,有拉京胡的,有说大鼓书的,倒也有声有色。大人们用龙井水沏一壶六安片茶,摇着芭蕉扇,边品边聊,那就舒坦得像神仙。

一年总有那么几次,要在东头学校的操场上挂起黑边白幕放电影,那就俨然是节日了。这样的好时光实在太少,更多的时候我们只能靠"打仗"充实文化生活。

跟多数人的童年相似,我小时候酷爱打仗,特崇拜陶声奎。陶声奎是公社食堂炊事员陶大伯的儿子,比我们大几岁,因而是我们"公社小孩"的司令。陶声奎率领我们南征北战,今天跟南头小孩交手,明天跟北头小孩比画,英勇无畏,所向无敌,每每遇到恶战,陶声奎总是身先士卒,冒着砖头泥块,领头羊一般左遮右挡,保护我们。比起南头小孩和北头小孩,我们的队伍装备比较现代,有手电筒,有皮带,还有手枪套。陶声奎给我们每个人都封了官,是按绰号分的,有座山雕、一撮毛、刁小三等等,我因为姓徐,与许谐音,加上顽劣好斗,被称作许大马棒。其实当时我就知道这不是个好角色,但我更知道,许大马棒是旅长,旅长有多大我不知道,但我知道旅长比团长大。为了一个"旅长级别",我在家乡被人喊了许多年"许大马棒"。

这是上世纪六十年代末的故事,那时候我也就十来岁的样子。无论是军事常识还是文学素养,应该说都是那个时代给我打的基础,老街既是我的少年军校,又是我的早期文坛。

我家老屋在老街西边的另一个高台子上，但小时候我和父亲住在老街中心。印象中有一回跟北头小孩作战，游击到了老街北面，那里是一片河湾，我站在河湾中间的龙井沿上，向东眺望，视野上空是一轮高悬的皓月，月光笼罩着的，便是"F"街上面一横向左延伸的一截，也就是街的北头，感觉中从那截街面上隐隐升腾起一片光晕，一溜屋脊鳞次栉比，在幽暗的月影中巍峨耸立。其实，有无数个白天我曾经走进过那段街面，我当然知道，那段街面只有很少几幢砖瓦庭院，而多数皆为土坯茅屋，但是，在那个月光朦胧的夜晚，在此后漫长的岁月里，在今天的记忆中，那天的老街，就是一座城市，一座有着神秘历史的城郭。我甚至依稀看见了，在老街的东边，在更远的地方，在天穹的下面，还有一座焕发异域风情的城堡，在拱卫着老街。今天想来，这个想法有点奇怪，大约是我太想当一个城市人，太想让我的家乡成为城市的缘故吧！

事实上，在我的家乡，关于老街的历史，的确流传着"娥眉州"和"六安州"的故事，说的是不知是哪朝哪代，因何缘由，"倒了娥眉州，建了六安州"，六安州就是今天的六安市。与我一街生长的民间文学作家穆志强和当下正在活跃的打工诗人柳冬妩对老街的兴衰也很关注，不屈不挠地考证着"娥眉州"，而且还将深入地考证下去，似乎拉开架式要考证个古城出来。

许多年过去了，我已经遗忘了很多东西，而唯独对于老街的一草一木乃至门板和青石路面都记忆犹新。现在我似乎有点明白了，其实,老街是不是城市,或者说是否曾经是城市并不重要,重要的是老街提供的那一份独特的感觉,那混合着叫卖声、读书声、铁匠铺里的淬火声,篾匠铺里的裂竹声,胶底布鞋踏在青石街面上的橐橐声,还有刚出炉的烧饼的香味,热豆腐的气息……这一切都似乎在显示,老街的日子是喧闹的,清贫而火热。老街的上空永远飘扬着浓郁的生活气息,飘扬着人的气息。

除了这份被岁月诗化了的生活记忆,令我印象很深的还有老街的水色。我童年时代的老街,被两条河流环绕,东边一条,叫西汲河,也是霍邱和六安两县的界河,正东方距老街二三里有个渡口叫大埠口。据说西汲河曾经非常宽阔,河中有潭,丰水期水流湍急。在清末民初,这条河是六安、霍邱两县的商贸渠道,大埠口自然就是客运和货运的码头了。市因水而来,街因市而荣,老街过去的繁荣显然与畅通的水路有很大关系。老街西边那条小河是从上游二道河引过来的,属于季节性灌渠,从我家东边向北,再向东。在我家老屋的东边和老街的西边,有一个不规则葫芦形状的洼地,俗称西马堰,基本上荒芜,平时只有那条季节性灌渠断断续续穿梭其中,三两块歪歪斜斜的红石板拼接成"独石桥",成为老街东西交通的必经之路。往往是春夏之交,西马堰满了,就是发大水了。发大水对于大人来说无异于又是一道鬼门关,因为涝灾,粮食歉收,日子将加倍艰难。然而我等顽少当真是少年不知愁滋味,特喜欢发大水,大水来了,有鱼有虾,路不通了要坐船,一个猛子可以扎到人家的果园去摘梨子,这些都是平时玩不到的。如果水很大的话，就会有很多陌生的面孔——我小时候连看见生面孔都可以算一项娱乐。

三十多年过去之后回忆老街，那突如其来又不知去向的大水，也应该是记忆中一道难以磨灭的风景，有很长时间我都一直认为那水是一个神秘的物件，它来自一个神秘的地方，流向一个神秘的地方，水面之下，饱含着一个孩子对于世界奥秘的最初思索。

我们终于跻身于城市的峡谷，久居闹市，几乎被钢筋水泥封闭了，脚不沾地，把我们和土地长久隔离。而回忆起阔别数年的故乡，一种异样的清凉便从遥远的故土扑面而来。对故乡回忆得越多，对城市的生活就越是厌倦。

二〇〇五年五月，应安徽电视台《前沿访谈》栏目的邀请，我回了一趟故乡，公干之余，排除了众多的干扰，坚决地去了一趟老街。尽管我已经有了充分的思想准备，但是老街的破败还是触目惊心。自从参军之后，离开老街将近三十年了。三十年，这个世界上发生了多么大的变化啊！天变大了，路变短了，树林变小了，河床变高了，青石板几乎被挖光了，那口长久萦绕我心头的龙井，几乎被浑浊的溪水淹没了。改革开放之后，老街的多数居民都跟随镇政府迁往西边，一条通衢大道两边真的生长出一座新型的城镇，老街便被抛弃了。

在"F"街下面那条短横的顶端，一条老狗傲然昂首，虎视眈眈地盯着我，似乎拿不定主意要不要给我来一个下马威。老狗再老，也老不过我，它哪里知道，它现在盘踞的位置，乃是我当年"打游击"

的根据地,那时候我比它威风多了。

我为老狗而感动,它是留守老街不多的动物之一。狗的主人出来了,一出来就是一群,其中有一个慈眉善眼的老太太挤着往前看我,言之凿凿地说她当过我的奶妈,我让人掏出了我"皮袍下面的'小'"作为馈赠,老人家眼窝湿润地说,没有白疼你一场,这么多年了,还知道回来看我一眼。我的心里顿时一阵愧疚,其实我对她已经完全没有记忆了。后来我回家问我母亲,老街是不是有这样一个奶妈,母亲想了半天也想不起来,不过母亲说,老街上的人,那时候很多人都帮助过我们家。

终于找到了龙井,然而此时的龙井面目全非,全然没有我当年记忆的清洌幽深的感觉,水面与河沟平齐,分不清楚是河水还是井水,顺着井壁,水面上浮着厚厚的青苔,上面居然还有青蛙打坐。

我被这个意外打击得心灰意冷,正在失落,不远处茅屋里走出来一位估计已逾七旬的老人。陪我同行的表弟任家杰似乎有点不甘心,明知故问,这就是龙井?老汉反问,这不是龙井是什么?任家杰嘟嘟囔囔地说,龙井怎么变成了这样啊?老汉不满地说,龙井变成了哪样啊?这样不很好吗?龙井水泡茶,还是一样的清香。你们是从哪里来的?

任家杰说,我们是……你认识徐彦选吗——大约是看这老汉年纪大,介绍徐贵祥他很难知道,而我父亲在这里当过公社书记,几乎家喻户晓,所以任家杰先把我父亲的大名抬出来。岂料老汉眼一瞪说，徐彦选我怎么不认识？他不是徐贵祥的爸吗？知道徐贵祥吗？在北京，作家。任家杰惊讶地问，你怎么知道他是作家？老汉说，你门缝里看人啊？我天天看电视，只要有徐贵祥的消息，我一准能看见。《弹道无痕》《历史的天空》《八月桂花遍地开》……老汉如数家珍，末了还得意地向我们冷笑一声：知道吗？徐贵祥就是吃了这口龙井的水才出息的，听说他要回来修这口井。

说真的，那一瞬间，我真有点受宠若惊。河湾之上，野林丛中，荒草土坯屋内，黑白电视机前，一个孤独的看井人，一个年迈的村夫俗汉，居然有如此浓郁的乡情，居然有如此强烈的荣誉心。我知道，他当然不是为了我才住在这里守候这口老井，但是，因为有了我，他守候这口老井的心态才会更加充实，我是他自豪的资本，他是我精神的盟友。为了这个因为我而自豪的老汉，我也应该写出好的作品——我们负起责任的理由，往往就是这么简单。

站在井边，我沉默了很久。直到我们快要离开，老汉才似乎想起了什么，揉揉眼睛，手搭凉棚，疑疑惑惑地左看看右看看，然后便向我走近，把目光定定地落在我的脸上，嘴巴嚅动着说，未尝，未尝你就是……

我说我是徐贵祥，谢谢你老人家。

老汉神情一变，赶紧张罗烧水，要让我们喝一杯龙井茶。

离开老街之后，我突然想，其实这么多年来，我想寻找的并不是城市，我永远需要的是老街。城市算得了什么？城市遍地都是，而且越来越多,大同小异,但是我心中的老街只有一个,尽管在三十年后面目全非,但是三十年前的老街在我的心中是不死的,那绿荫婆娑、人气旺盛的古色古香的记忆,那宽阔的河面和清澈的溪流,那如梦似幻无限缥缈的月光,正是我心灵的家园啊!

行走古战场

一

二〇一三年六月,我应邀参加"中国作家看河北"活动。

同行有我尊敬的河北籍老作家蒋子龙,河北籍同辈作家关仁山和龙一,大哥级作家陈世旭,还有新锐级作家邵丽、须一瓜、魏微、李浩、胡学文……老少搭配,男女混合,一路上谈笑风生,高谈沧州野猪林,阔论三国水浒传,春秋霸业历历在目,英雄好汉栩栩如生。特别是省旅游局派来陪同的处长舒艳,似乎对车轮下的每一片土地都了然于心,谈起来知无不言,如数家珍。

这一路,看保定府,游荷花淀,云低野三坡,风雨赵州桥,荷花,湖水,柳树,目不暇接,美不胜收。窗外烈日炎炎,车内春意盎然。

最后一站是邯郸。

在中国,几乎每一块土地都曾经是战场,不同的是,邯郸这块土地,是文字记载最丰富的、战争最早光顾的地方,也是被战争覆盖的次数最多的地方,因此这里的战争文化尤其富饶,成为中华文明的主干河流。

  小时候读连环画,枪剑戈戟之外,我的脑海里储存了许多意象,城墙、城堞、城堡、城垛,还有城墙上空高悬的明月、城墙下浮动的疑云……成年后,走南闯北,见过不少高墙厚壁,北方的长城,南方的围屋,海岸的炮台,大漠的古堡,然而目之所及,多是断垣残壁,风中呜咽,雨中黯然,一点一滴地风化,一段一段地倾诉着岁月的沧桑,直到城墙不再是城墙,沧桑不再沧桑。

  感谢邯郸,给我们保留了一座完整的城墙——周长4.5公里的广府古城(亦称永年城)。当地作家说,这就是曾经的邯郸城。

  可想而知,这个城池给我们带来的惊喜。本来,我是很想徒步绕城一周的,但是因为天气酷热、带队的同志阻挠,我们只好乘坐电瓶车,在城墙上兜了一圈。电瓶车上,安装了音响,一路自动介绍。我们于是得知了广府古城的千年变迁。"殊具特色的是在四门之外尚建有瓮城相守,地道的关防深锁,固若金汤。城河广阔,地势低洼,周围环水,易守难攻,为历代兵家必争之地。"

  显然,这是冷兵器时代的产物,或许在火器时代还能勉强支撑防御,但是,在现代装备条件下,再坚固的城池也是不堪一击的,它们悲哀地丧失了军事价值。作为一个曾经的炮兵军官,我大致估算了一下,即便把阵地设在三十公里以外,炮火袭击这里也是不成问题的,×××口径的远程火炮,一个团只消三个基数集火射击,这里就将被一片火海化为灰烬。这里说的还是常规条件下，更遑论现代信息条件下作战了，它的防卫能力接近于零。

是的，在今天，我们不能再用军事尺度衡量它的价值。它经久不衰的、不可忽视的价值在于它留给我们的思考。

二

据说邯郸号称是成语之都，在这里产生的或由邯郸人总结的成语有上千个，我不知道这个说法是否准确，我只知道，我最初接触到的、最早懂得含义的成语，确实有很多同邯郸有关，比如邯郸学步、黄粱一梦、毛遂自荐、负荆请罪，等等。

在一个相当长的时期，我曾下了很大功夫研究军事变革信息，有一个成语曾经引起我浓厚的兴趣，那就是"胡服骑射"，这大约可以看成是中国最早的自觉的军事变革举措。

相传，战国时期，赵武灵王即位的时候，赵国正处在国势衰落时期，经常受到邻界小国侵扰，赵国常吃败仗，大将被擒，城邑被占。痛定思痛，赵武灵王研究对手，发现胡人在军事服饰方面有一些特别的长处：穿得少，跑得快。赵武灵王毅然发布了"胡服骑射"的政令，号令全国着胡服，习骑射。

自然有人反对，理由很多很多，礼仪问题、祖制问题、习惯问题，等等。以公子成为代表的反对派给赵武灵王出了不少难题。

在中国，铁腕最有可能做成大事。赵武灵王听到反对意见，召集满朝文武大臣，当着他们的面用箭将门楼上的枕木射穿，并严厉地说："有谁胆敢再说阻挠变法的话，我的箭就穿过他的胸膛！"软的怕硬的，硬的怕要他命的。公子成们面面相觑，从此再也不敢妄发议论了。

在最初明白"胡服骑射"这个典故来龙去脉之后，我曾经有过迷茫。说到底，胡服骑射时期的军事变革，其核心无非就是两个，一个就是着胡服，第二个就是习骑射。这两个动作就那么重要？后来我明白了，是很重要。

习骑射好理解，用今天的眼光看，无非就是提高运动速度，贯彻孙子的兵贵神速的思想，并且学会在运动中歼敌，提高战斗力。我想重点说说"着胡服"。所谓着胡服，就是改长袍马褂为短打，以便腿脚利索，从而提高作战中的速度和准确度。军服里面也有战斗力，由此可见一斑。记得看过一部电影，火器和冷兵器时代，八国联军进北京，中国军民殊死反抗，其中有一个看似英雄好汉的人物，在同敌军肉搏中，突然被洋人揪住辫子，就像孙悟空被唐僧念了紧箍咒，动弹不得，只能任人宰割。至今记得银幕上中国好汉被洋鬼子扯着辫子戏耍的情景，仍然悲愤交加。虽然这是电影，然而，在真实的战争中，被我们的敌人揪住辫子、扯住长袍马褂的情景，不知道有多少，不知道要残酷多少倍。

军服和军容同战斗力的关系，是显而易见的。改变军服，是求真务实的体现，顺理成章。这看起来是一件很容易理解的事情，然而在当时的时代背景下，却是一件可能会触犯祖训、伤风败俗的事情，因此赵武灵王的耳畔不乏喋喋不休的反对声音。因为这件事情是前所未有的，前所未有的事情谁也拿不准是否靠谱。与其冒险，不如看看再说，这就是既得利益者的思想基础。但是赵武灵王不这么想，他等不及了，谁反对他，他要谁的脑袋。因此他做成了。这是大快人心的。

所有的进步都是开放战胜保守的结果，每一寸进步都是艰难的，欲做大事，必有破釜沉舟之决心，百折不挠之毅力。其实你只要横下心来要做一件事情，那些反对派自然会退避三舍。

胡服骑射开了军事改革风气之先，是难能可贵的。遗憾的是，几千年之后，赵武灵王当初遇到的阻力，仍然时隐时现，有时死灰复燃。这是今天仍然值得我们深思的。

三

邯郸城里，有一个"回马巷"。

这个巷子同我知道的另一个叫作"六尺巷"的地方颇有异曲同工之妙。

《史记》有一段文字，大意是记载一场外交胜利之后，"既罢，归国，以相如功大，拜为上卿，位在廉颇之右"。这下，在战争中立下赫赫战功的赵国大将廉颇不干了，宣言曰："我见相如，必辱之。""相如闻，不肯与会。相如每朝时，常称病，不欲与廉颇争列。已而相如出,望见廉颇,相如引车避匿。"

这个"引车避匿"留下一段佳话。相传,当年赵国大将廉颇和宰相蔺相如住地相隔不远,二人每每在此巷子相遇,廉颇耀武扬威,恶语挑衅,而蔺相如则面不改色,下车掉头就走。有人认为蔺相如软弱,蔺相如说,你看廉颇将军同秦王哪个厉害?回答说,廉颇当然不如秦王。蔺相如说,像秦王那样的强势,我都当众斥责,我岂会惧怕廉颇?我顾忌的是,强秦之所以不敢贸然侵犯赵国,就是因为有我和廉颇同在朝廷效力。"今两虎共斗,其势不俱生。吾所以为此者,以先国家之急而后私仇也。"

这就是我们今天说的,微言大义,襟怀坦白,这是处理个人恩怨同集体利益、国家利益、民族利益的经典范本。蔺相如并非懦夫,他的勇敢是不动声色的,比起匹夫之勇,他的勇敢是形而上的。正是蔺相如开阔的胸怀,迎来了一个令人激动的场面,"廉颇闻之,肉袒负荆,因宾客至蔺相如门谢罪"。

二〇一三年六月,我走在回马巷狭窄、凌乱的街面上,打量似是而非的廉颇和蔺相如二人的所谓故居,心里涌动着真切的感动。我在想,战斗力是什么?是武器装备,是民心士气,是指挥艺术,是……其实,在战斗力构成的诸多因素里,除了智慧的力量,更重要的就是人格的力量。

人格也是战斗力。

阳春三月问弋阳

一、远去的琴声

初到弋阳，一脚踏上叠山书院，心情久久不能平静。

在我的英雄记忆中，谢叠山的名字似乎并不响亮，不像岳飞、文天祥、于谦等人那样耳熟能详，大约是他没有直接战死在御敌战场的缘故。但是在细细研究谢叠山生平之后，我的敬意油然而生。在这个人的身上，似乎更能体现英雄行为以外的价值：读书人的骨气。

谢叠山，宋宝祐五年进士，据说其在"对策"中指责当朝丞相董槐及宦官董宋臣等权贵的腐败行为，由第一被贬为第四，所幸的是，状元桂冠由另一位民族英雄文天祥摘取。谢叠山做官不算小，曾经担任兵部侍郎，但仕途不顺，屡次同官场污浊行为做斗争，又遭权贵贾似道陷害，被贬到地方当个小官。时值元军犯宋，文天祥等人在朝辅佐皇帝抗元，谢叠山在野组织军队策应。及宋朝覆灭，谢叠山隐姓埋名，一个副部级干部，在建阳驿桥算卦，所获酬金拒收元币，只收粮食和草鞋——为什么要收草鞋呢？因为谢叠山在兵败之后曾经发誓，不见南朝不着鞋。那时候的谢叠山，自然是一贫如洗，然而他的行为却闪耀着人格的光芒。当地的百姓很快就被这光芒照亮了，发现了这个算卦人不同寻常的魅力，恭敬地把他请到塾馆，让他教书育人。

忽必烈坐稳江山后，大赦天下，广揽人才，收买民心，很多前朝官员摇身一变，成了当朝鹰犬，这其中也包括谢叠山的恩师和同乡、同学、同僚。朝廷得悉民间有个谢叠山，先后五次派人前来拜望，封官许愿，软硬兼施，均被谢叠山以各种理由拒绝。谢叠山明确表态，他只做前朝遗民，今朝逸民。

姑且不论谢叠山在中国文学史上留下的那些泣血之作，较之通常意义的英雄，谢叠山的身上，至少还有两点与众不同，一是做官不怕丢官，二是在野不求当官，这是许多读书人为官者很难兼具的。高贵是什么？高贵不是高官厚禄，不是锦衣玉食，高贵是流淌在血液里的精神。对于读书人而言，高贵就是"自由之精神，独立之人格"。这一点，谢叠山做到了。当然，高贵是需要付出代价的，谢叠山"不合作"的态度终于惹恼了朝廷，朝廷派福建省参政魏天祐带领兵士将其强制押到北京，最后谢叠山在法源寺绝食而亡。

是什么照亮了谢叠山的慷慨赴死之路？他有一段话大概能回答这个问题："大丈夫行事，论是非，不论利害；论顺逆，不论成败；论万世，不论一生。"扪心自问，同样作为大丈夫，同样作为知识分子，我能做到吗？我们能做到吗？如果我们中国人都做到了，我们还会有鸦片战争之耻、甲午战争之耻吗？我们很多人都没有做到，因为我们有太多的不高贵。

英雄多悲剧。史料记载，谢叠山抗元兵败之后，其妻女均遭屠戮。诚如多数英雄的遭遇一样，有些灾难是敌对营垒施加的，有些则来自于同一阵营的那些卖国求荣的人。我后来看到一则资料，在押解谢叠山前往北京的途中，谢叠山以绝食抗争。元朝官员、福建省参政魏天祐"召见"谢叠山时，谢"傲岸不为礼"，魏还讥讽谢叠山，为什么在兵败的时候不死？谢叠山回答，那时候不死，是因为九十三岁的母亲尚且健在，做儿子的不敢先死。如今母亲不在了，"某自今无意人间事矣！"

作为一个前朝官员，同样作为一个读圣贤书的知识分子，魏天祐转眼之间就当了异族的奴才，这个贱骨头何来的自豪感，何来的优越感，何来的脸面去讥讽一个宁折不弯的英雄？事实上，最让英雄无语的，不是面对面的敌人，而往往就是自己阵营里的人。几乎每一个英雄之死，背后都有同胞的放弃、出卖和帮凶。

谢叠山被押到北京之后，身上衣衫褴褛，腹中空空如也，唯有一只古琴被带在身边。那只被他取名为"钟"的古琴，成了他最后的精神寄托。住在燕山驿馆里，他三天粒米未进，第四天回光返照，操琴一曲。至于那是怎样的旋律，今人已经无法得知，我们能够确信的是，那是一个读书的民族英雄向这个世界发出的最后的声音。

站在信江之滨的叠山书院，望着缓缓流淌的江面，我意识到这就是当年谢叠山读书的地方，那个风华正茂的学子，曾经用他的琴声映照着踌躇满志的岁月。我突然想到一个问题，那琴声还会有吗？那琴声消失了吗？不，也许，它就落在两岸的林木里，蛰伏在不远处山峦的缝隙里，在电闪雷鸣雨过天晴之后，从那摇曳的枝叶起飞的一缕空谷足音，或许就是它的一声咏叹。

二、清贫的贵族

五百年后，叠山书院换了一茬学生。

我不知道方志敏在叠山书院读了几年书，但是我知道，他一定听到了那琴声。信江不宽的河面，流淌着千古不衰的故事。

方志敏是大家熟知的英雄，不熟知的是方志敏的童年和少年时代。跟随上饶三清媚女子文学会的朋友，我们在零星小雨中来到弋阳县漆工镇的湖塘村。此处是个适合人居的山坳，四面环山，一幢古色古香的木楼坐落在山根处，旁边是两汪平静的水塘。毫无疑问，在一百年前，这幢阔大的木楼象征着主人的富足和气派。这就是方志敏故居。

一路上，不时听到当地朋友介绍方志敏家族历史，有几个年轻女子，还眉飞色舞地说方志敏是她们心目中的白马王子——据说，方志敏身高一米八二，高大俊朗，才华横溢自不必说，在担任闽浙皖赣苏维埃主席的时候，身穿白色西装，骑一匹白色骏马，当真是白马王子的标志性装束。当地人说，方志敏很讲生活质量，他喝的咖啡，那是要从外国进口的。

这些传说，令我有些疑惑。小时候读语文课本，有一篇方志敏写的文章《清贫》，里面写到方志敏在北上途中被俘的故事，抓获他的国民党士兵从他的身上连一个铜板也没有搜到，很失望。可是，朋友嘴里的方志敏，却是一个连咖啡都要进口的人物，岂不是同我所知道的方志敏相去甚远？

是的，方志敏有阔绰的童年和少年时代。事实上，回顾二十世纪二三十年代那些投身革命的知识分子，大都有殷实的家境，他们不缺吃穿，不乏体面的生活，可是他们放弃了，因为信仰，因为要革命，因为要建设可爱的中国。他们放弃了高贵的物质生活，追求着精神上的高贵。从他们的手里经过的财富成千上万，可是他们自己的身上，却往往连一个铜板也没有。

并不是每个人都配得上"清贫"这个字眼的，仅仅身无分文，还不是清贫。清贫是一种境界，只有高贵着的清贫才是清贫。

方志敏的故事很多，散珠碎玉一般遗落在闽浙皖赣的山水草木之间。给我印象深刻的，还是在他被俘之后，国民党屡次派出高官劝降，甚至蒋介石亲自出面许以高官厚禄，均被方志敏在谈笑中拒绝。

我们后来从各种渠道看到的方志敏，戴着镣铐，神色泰然自若。而在方志敏创立的闽浙皖赣苏维埃根据地首府葛源，我看到一张方志敏身穿军装挥手告别的照片，那是在他率部北上抗日的前夕，在葛源的枫林村，那个高高举过头顶、直直指向天空的手势，让我好像明白了，为什么那么多女孩子说方志敏是她们的梦中情人。那个手势沉稳、自信、决绝，释放出一个男人、一个具有骑士精神的革命者勇敢无畏的力量。那一瞬间，我对身边的朋友说，方志敏不仅是一位革命英雄，也是一个贵族。

贵族是什么？不是世代因袭的爵位，也不是显赫的权势，真正的贵族，有一颗悲天悯人的心，有一腔实现理想信仰的热血，有一副宁为玉碎不为瓦全的铮铮铁骨。这个当年才三十多岁的年轻人，在闽浙皖赣四省交界的地方创建了革命根据地，发行货币，兴办学校，开设医院，还构建了股市，这一切都是超前的，他是按照苏联社会主义的模式经营着他的根据地，让那里的老百姓都过上好日子。那时候的方志敏，掌管着闽浙皖赣苏区的政治、经济、军事大权，可谓一言九鼎，从他手里经过的真金白银不在少数。可是，在"方志敏式"的苏维埃政府内，节俭却蔚然成风，连铅山县委买了十二元黄烟、五元英文水，都受到严厉的批评，被挖苦为"好阔气的铅山县委"。

回想小学时代读过的《清贫》，我突然发现那个时候我并没有真正读懂，不，几十年后仍然没有读懂。放眼望去，在这个物欲横流的时代，心里再默默地诵读那些文字，似乎从字里行间领略到另一种风景。北上部队受到国民党军队的围追堵截，在生死考验的关头，方志敏拒绝脱离部队，拒绝逃生，坚持和同志们战斗在一起。后因叛徒出卖，在藏身的柴堆里被俘。在敌人的刺刀下面，这个命悬一线的囚徒，就像个调皮的孩子，居高临下打量着因为搜不到铜板而失望的士兵，冷静地看着他们的眼神和表情，"微笑淡淡地说"，甚至还有几分幸灾乐祸。

尽管多少年过去了，我至今仍然记得英国作家伏尼契的小说《牛虻》中的那个情节，作为革命者的牛虻——亚瑟被执行枪决的前后，亚瑟从一开始就对即将到来的死亡谈笑风生并且评头论足，唇枪舌剑拒绝忏悔。在士兵向他射击时，他一次次地嘲笑和校正士兵的枪法，"来吧，孩子们，不要害怕，朝这儿打！"

而在今天，我从回忆中的《清贫》的文字里面，看到了另一个更加伟大的亚瑟，因为他领导了更多的亚瑟，还因为他的清贫，而且他的清贫是为了更多的人不再清贫，今天的清贫是为了明天不再清贫，这样的清贫才是高贵的清贫。

我们还有这样的清贫吗？

三、文学进行时

在近代中国历史上，文学和革命是一对孪生兄弟，不，甚至可以说，文学就是革命，革命就是文学。马克思主义思想是以文学的名义进入中国的，苏俄革命的模式也是以文学作为载体携带进入中国的，于是在中国黎明的前夜，奋起呐喊进击的那样一群人，他们的革命者的身份和文学家的身份是那样难解难分，譬如梁启超、陈独秀、毛泽东、瞿秋白、鲁迅、方志敏……文学从来就不是孤立地存在,而是同中国人的精神解放、民族独立和社会改革紧密地联系在一起。

距方志敏牺牲八十年后,在他的家乡,我突然发现文学的另一种存在和另一种力量。

直到上了火车,我才知道我们这次到弋阳,是受到上饶"三清媚"文学杂志社的邀请。从上饶下了火车,刚在中巴车上坐稳,就有一个女孩子恭恭敬敬地递上几本《三清媚》杂志,我认真地看了几篇,有些发蒙。坦率地说,这个杂志还算不上纯正的文学杂志,里面所刊诗文都是上饶文学爱好者所作,作者多为少妇少女。路上聊起杂志的前后左右,才越发觉得这件事情不简单,才越发敬重起来。

上饶有个女干部毛素珍,资深文学爱好者,前几年放着好好的税官不当,提前退休,不仅办起了杂志,还搞了一个轰轰烈烈的民间文学活动,创办了"三清媚女子文学研究会",迄今会员已经发展到千人以上,多为职业女性,法官警官,医师教师,工人农民,家庭主妇,各行各业都有。这些人入会一没有官阶,二不拿工资,业余时间凑在一起,谈文说艺。

我曾在旅途中和两次座谈会上见到过上百个"三清媚"会员,她们对于文学的虔诚让我感到吃惊,她们虚心求教关于文学创作的方法技巧,热烈地讲述生活中的逸闻趣事。陪同我们的几个女孩子都是"三清媚"的会员,性格爽朗,谈吐率真,多愁善感。她们的讲述,都是发生在日常生活中的鲜活的故事,有矛盾冲突,有困惑思考,也有愤世嫉俗的情绪，但更多的是，她们把文学作为精神的憩园，她们觉得文学就是"读了感动"和"写了快乐"。在我看来，她们是一群最少功利的阅读者和写作者。

在前往葛源根据地的路上，一个名叫陈瑰芳的"三清媚"会员对我们说，她家几代人都是方志敏的崇拜者，她走访过很多人，也写过一些文章，她的目的就是要让那些散落在民间的英雄故事重见天日，激励后人。也就是陈瑰芳，热情地挽留我们在葛源多待一会，他们的县委书记、县长都是文学爱好者，都想和北京来的作家见一面。陪同我们的县委宣传部部长、葛源的书记和镇长，都表达了相同的愿望。

那几天，我们辗转了很多地方，仅仅在弋阳境内就感受到一种浓浓的文学氛围，车上，路边，乡村舍外，纪念馆广场……活跃在我们身边的是文学和文学爱好者，眼前看到的是文学作品和渴望文学的目光。这种氛围让我们感到温暖，感到安全，也平添了对文学新的理解。尽管我们的生活车水马龙，但是，在这里，在人的心灵深处，正在悄悄地进行着一场当代文学革命。

有天晚上，"三清媚"几名会员给我们演奏"葫芦丝"，还唱了黄梅戏，比不上专业水平，但是洋溢着浓郁的原生的自然气息。活动结束后，我问她们，这么如醉如痴的演奏，有没有想到要去人民大会堂露一手？几个女子含笑摇头。我又问，你们热心写作，有没有想过成名成家，或者拿个奖？她们还是含笑摇头，她们说，我们的文学其实就是自娱自乐，让自己过得更充实一些。

实话说，我的同行很多人已经把文学当作事业了，当作实现价值目标的征程，没想到在上饶这个地方，文学降低了身段，成为大众化、常态化、普及化的生活必需，成为一件表达情感的乐器，那么多人喜欢文学，那么多人介入文学，她们集中精力只为了一件事情：快乐！

快乐，这是多么美好的字眼！可是现实是，尽管我们的经济发展了，尽管我们的物质丰富了，我们有了车子、房子、位子，我们拥有了很多，可是我们拥有快乐吗？快乐从哪里来？我的答案是：知足常乐。如果文学能让我们从欲望的网络中得到解脱，如果文学能让我们每个人体验到精神拥有的快乐，如果文学成为茫茫人海中照亮我们心灵的一盏明灯，那么，文学岂不是救世的菩萨？事实上它就是。

在最后一场座谈会上，我说了一句话：让文学回到千家万户，让文学贴着地皮行走。如果中国有更多的"三清媚"，你会发现，美丽的不仅仅是油菜花。

四、难得龟态

走进龟峰景区的大门，脚步不知不觉放慢了。

在参观叠山书院的时候，同行的几个作家几乎同时产生了这样的看法，古有谢叠山，今有方志敏。

一方水土养一方人，一方人又何尝不养一方水土？地杰人灵所产生的效应，是人灵地杰。文化传承，在改变人的同时，也在改变着土地。

上饶境内,没有多少自然的名山大川,却不乏精神上的高山。从这个意义上讲,我们就不难理解,为什么会在婺源那个地方形成波浪一般壮观的油菜花海,为什么会在这里率先发起民间的文学行动。

上饶"三清媚"女子文学社还有一个独特的创意,就是在每个旅游景点开设"女子写作营",总共有多少,我没有统计。在龟峰旅游区,人工湖畔,曲桥一侧,伫立着一幢古色古香的建筑,斗室之中,书画悬挂,茶墨飘香,这就是龟峰女子写作营了。站在门前看山,心里装着一个"龟"字,似乎眼前到处都是憨态可掬的龟,不由得让人想起那则古老的寓言:龟兔赛跑。那不紧不慢、目不斜视、我行我素的龟,最终赢了身手矫捷的兔子。中国人都认为龟是灵性动物,不知道依据是什么,而在我看来,龟的最大灵性就是与世无争,唯其不争,莫与能争。龟所需甚少,动静低调,战斗力和竞争力极低,而龟寿命最长,这其中蕴含着深刻的哲学命题。

如果说文学是一剂调节心灵的良药,那么,美丽的风景也是往往就是最好的药材。

午餐后,登上金钟峰,回望龟峰女子写作营的营房,我突然想,尽管龟峰步步是景,有那么多神工鬼斧的造型,然而在这自然的馈赠里面,增加了一道美丽的人文风景,是对龟峰品质的提升。这就好比给冰冷的龟峰安装了一颗勃勃跳动的心,让人从青山绿水之中,感受到文化的力量。

游览途中，龟峰管委会党委书记查佳告诉我们，当年徐霞客顺信江漂流而下，前往贵溪的龙虎山，途经弋阳，忽然眼前一亮，"心艳之"，流连忘返，沉浸其中三天，问奇龟山。在当地方丈的带领下，拨芒刺，披荆棘，走无路之路，探未景之景，经历了阴、雨、晴三种天气，写下了三千多字的《江右游日记》。

我们今天置身龟峰，回味徐霞客的文字，想象着"竹色林岚，掩映一壑，两岸飞瀑交注"和"雨气渐收，众峰俱出，惟寺东南绝顶尚有云气"的景象，想象着作为旅游家同时又是文学家的徐霞客，站在山顶上，裹着被雨水打湿的衣衫，拄着拐杖，看着刚刚被雨水冲洗过的大小峰峦，那是一种怎样的惬意！

还记得方志敏的文章《可爱的中国》吧，那里面罗列的山川河流和海岸线，美不胜收。我想，方志敏心目中的中国之美，一定是从龟峰开始的。

风景，从来就是文化的风景，没有文化的风景是不存在的。中国人常说，山不在高有仙则名，其实，我们也可以把这个"仙"理解为文学。文学往往可以代替神仙，文学不仅提供精神滋养，也可以营造人间仙境，何况在龟峰从事文学的还是心美貌美的女子呢，设想雨后天晴，一弯彩虹悬挂天穹，晚霞中那几个女孩子走出营地，走上倒映在水中的银河桥头，岂不就是游人眼中婀娜多姿的仙子？

风景也是文学的风景，没有文学的风景也是不存在的，或者说等于不存在。在旅游景点开设女子写作营，文学的美和自然的美都找到了支撑,就好比晚霞映照龟峰,霞中峰瑰,峰上霞飞。一群有文学追求的女孩子置身于美的境界,发现美、创造美、延伸美、传递美,用文学的方式弹奏龟峰的天籁之音,为龟峰注入了新的灵性之美。

大自然是一本书,造物主之所以在不同的地方设计出不同的造型,是为了表达不同的情感和思想。那么,龟峰蕴含着什么样的主题呢?我在一页一页阅读龟峰山水的时候,一直在思考这个问题。因为这里有许多峰峦和巨石的造型与龟相似,用徐霞客的话说,"何酷肖也",所以这一路我们就在议论有关龟的话题,龟的风度,龟的心态,龟的表情,龟的哲学……我恍然有悟,在这喧嚣浮躁的世界里,造物主特意安排一座龟峰,似乎是一个不动声色的隐喻,似乎就是暗示我们提醒我们,当我们走过了漫漫的黑暗长夜之后,该放慢我们的脚步,耐心地看看两岸的风景了。其实幸福是一件很简单的事情,大家都保持一颗平常心,幸福不仅是可能的,也是持久的。

突然想起刚到弋阳的时候,毛素珍在车上说的那句话,龟峰是一个适合谈恋爱的地方。

是的,在一个从容的地方从容地谈一场恋爱,那才是地久天长。

乾坤之湾

陕北有个延安，延安有个延川，延川有个乾坤湾，这是我在二〇〇六年六月上旬知道的事实。过去的情形是，只知道延安，不知道延川，更谈不上乾坤湾了。

乾坤湾是个什么地方呢？乾坤湾是你看上一眼就目瞪口呆的地方，乾坤湾也是让你看上一眼就终生难忘的地方。从飞机上看，黄河从遥远的天际迤逦而来，进入陕北黄土高原，峰回路转，就转出个九曲十八弯，乾坤湾大约就是这十八弯中的一个——苍天之下，一湾圆润的河道像一条巨大的游龙，从层层叠叠的峰峦中穿过，高空俯瞰，蔚为壮观。

一

到达延川的第二天上午我们开始向乾坤湾进发。路是老路，疑惑是古道，一段一段忽上忽下地颠簸不已。走到一个简陋的码头，车停人下,开始漂流。

陪同我们的延川县长冯振东给我们的感觉就像一团热情的火,在我看来,这个人具有很强的渗透能力。我们这群人,有作家,有记者,也有官员,有的德高望重,有的矜持含蓄,有的老谋深算,有的活力充沛,而他一概一见如故,在很短的时间内融成一片。登上漂流艇之前,他一个一个地检查王石祥等老作家的装束,生怕老人家有个闪失。我被他邀请在同一艘艇上,一路上见他情绪高涨,一会儿如数家珍地介绍两岸景点,一会儿鼓动开汽艇的船工唱民歌,一会儿挥桨同两边的游艇打水仗。你看不出他是个县长,他就像个性情率真、刚出茅庐的大学生。最让我们意外的是,他还独自一人到一段最惊险的激流中去冲浪。

我们对乾坤湾最初产生美好的印象,就是从这个年轻人的身上开始的。也许中国的官场更适合于那些老成持重四平八稳的人物坐镇,人们通常认为他们的身上更多一些所谓的定力,但是我们知道,中国的未来需要那些拥有鲜明个性的领导者,更需要那些淡化官僚意识和富有朝气、富有冒险精神和富有平民意识的年轻的公务员。

漂流的一段路程,可以说是我们同乾坤湾的零距离接触。从河床往两岸看,但见峭壁嶙峋,巍峨耸云。那些石壁不知道经历了多少年代的冲刷,层层叠叠,裂纹参差不齐,远远看去,犹如文字数码。我们发现了一处城堡——远远眺望,在黄河之畔,河床之上,高天之下,一处耸入云霄的绝壁果真像古希腊建筑的城堡,绝壁上有一些排列规则的拱门和分布均匀的罗马柱，似真似幻，时隐时现，海市蜃楼一般。想象一下，这些密码一样的景象也许就是黄河留给这片土地的无声的语言，也许这就是历史在黄河古道上镌刻的天书。没有人能够读懂它们，但是你可以按照你的想象去诠释它们。

二

乾坤湾东南方向有个村子叫伏义村，这个村子古老得令人肃然起敬，有很多农耕时代乃至洪荒时代的渔具、农具和生活用具，还有很有历史感的窑洞，老百姓自己把这些东西集中起来办起了民间博物馆，展示这块土地上的生存状态。据说这里是伏羲和女娲的老家，如此说来，这也是整个中华民族的老家，不，按照中国人的传统理解，此地还应该是整个地球人类的老家——是否果真如此，那是历史学家和人类学家的事情，我们姑且不去管它。

伏义村最令我感动的有两个，一个是树，一个是人。树是枣树。走进乾坤湾我才知道，枣树实在是一种了不起的植物，应该看成是人类的恩人之一。我的老家也有枣树，过去只知道枣子好吃，不知道枣树可贵。

我发现这里的枣树是真正的碧绿，绿得晶莹剔透，绿得闪闪发光。这种深刻的绿色点缀在黄土上，不动声色地隐没在大山的皱褶里，当你走近的时候，你似乎能够聆听到在那太阳一样鲜艳的绿色里，正轻轻地吟唱着一首不屈的生命之歌。

伏义村对面是山西境内的河怀村，这次活动的组织者、县委宣传部长顾秀榆和延川籍作家阳波告诉我，这个村里的老百姓，每年每户都要向外输出一卡车红枣。粗粗计算一下，以每卡车五千公斤计算，以每公斤利润五元人民币计算，每户每年可收入两万余元。对于农民，尤其是此时此地的农民而言，这个收入是可观的。而我更感兴趣的还不是枣树的经济价值，甚至还不是枣树的水土保护价值，我认为这里的枣树还有更深层次的象征意义——在光秃秃的黄土坡上，一丛丛枣树顽强地生长着，不屈不挠地把自己的须根深深地扎在土里，从而把原本松散的黄土凝聚在一起，汲取天地日月的精华，滋养着自己，又反过来用自己的身体滋养着这块土地。山有多高，水有多高；水有多高，枣树就有多高。因为土地的贫瘠，枣树的生命力就显得格外坚强。也正是因为存活得艰难，枣树的生命质量就异乎寻常的壮丽。枣树的一生简直就是一部自强不息的抗争历史。

在我的感觉中，伏义村的人，或者说延川人，更甚或说延安、陕北的人，都有一种枣树的精神——扎根贫瘠土地，充满乐观朝气，不屈不挠生生不息。

在伏义村的窑洞陈列馆里，我们看见了高凤莲大娘等人的剪纸作品，一位妇女还在现场给我们表演了剪纸。这些天然的艺术家有着不可思议的艺术创造力，一把剪刀，一张红纸，可以说翻手为云，覆手为雨，瞬间工夫，面前一堆花鸟龙凤便栩栩如生，让人叹为观止。

顾部长手下一帮子人在驻地窑洞门前组织了一个篝火晚会，方圆数里的村民从四面八方翻过山梁而来，苍凉、嘶哑而高亢的民歌在高原的上空，在群峰的怀抱中回荡。唱歌的有老人、村妇，还有孩子，老太太也扭起了秧歌，场面颇为热烈。兴之所至，县里的一位副书记带着我也加入到锣鼓队里挥槌击鼓，这才发现，敲鼓这种看似简单的活动并非简单，锣鼓阵容因为我的忙乱而乱了节奏。大约不满于我的笨拙，一位老汉向我笑笑，伸手接过鼓槌，潇洒地一甩脑袋，高举双手，示意众鼓手听令，待一片寂静沉落，鼓槌骤然落下，霎时，锣鼓又节奏分明地响了起来。很长时间我都难忘那位老汉的表情，充满了自信，充满了自豪，充满了自足。尽管这里相对闭塞，尽管这里的人们并不富裕，但他们没有丝毫的卑琐，没有丝毫的怯懦，他们甚至对于所谓的现代文明不以为然，而在自己的歌声、鼓声里优乎优哉自得其乐。我有理由相信，那些出自农民嗓门的歌声并没有随着篝火晚会的结束而流失，它们像雨水一样渗透到山梁的缝隙和黄土的深处了，甚至被储存进了历史的深层。一方水土养一方人。这里的黄土都是古色古香的，这里的老百姓就像这里的土地，他们并没有因为缺水和缺乏财富而缺乏自信，他们的歌声并没有因为穿着露着趾头的胶鞋而减弱，他们拥有自己的快乐，这快乐世世代代滋润着黄土地和黄土地上的人们。

我还有理由相信，比起相对发达的富裕地区，事实上乾坤湾的人们并不短缺什么，尤其是精神层面的财富。而另一个事实是，所谓的发达地区的富裕又算得了什么，对于人类历史来说，今人现在拥有的这点富裕只不过是沧海一粟，而且转瞬即逝。

固守清贫往往也是一种崇高。

三

篝火晚会的第二天上午参观清水湾，我受到一次特殊礼遇，冯县长委托一位叫何平的老基层干部带领我脱离大队人马，先行一步去攀登会峰寨。何平原在延川县土岗乡当党委书记，对当地的地理和风俗人情了如指掌，他一边开车一边介绍，山山水水如数家珍。

我在最初看到会峰寨的时候，几乎不敢相信这是人工建筑的产物——据说这还是明清时代抑或是更加久远时代的战争产物，是用来屯兵囤粮的。手搭凉棚细细瞭望，才发现在一道山梁的脊背上，依稀可见几座城墙般的轮廓。下车徒步，走进深谷，但见一潭碧水翡翠宝石一般静卧山峡，使得这方黄土平添几分灵秀。再往前走，走到会峰寨山腰，果然看见断壁残垣堑壕废墟，一方人工山洞盘踞半山，成为山上和山下的锁钥，委实是个一夫当关，万夫莫开的要塞。

古人的杰作，成了今人的梦幻。

也许就是在会峰寨，我才开始对这方水土的文化精髓有了领悟，才对几天来悬挂在心头的许多问号有了一点头绪。乾坤湾是个神奇的地方，它的神奇不仅是地物地貌的奇特，也不仅仅是这里的人物和植物顽强的生命力,它的神奇在于它储存了传统文化的诸多信息密码,它就像一块大容量的芯片,容纳着中国本原哲学的深刻记忆。如果可以用一个字来概括我理解的乾坤湾的神奇,那么这个字就是:融。

乾坤湾是黄河的一段,像造物主的画笔画出来一道优美的弧线,舒展圆润。首先是这道弧线融入了险峻的山地,构成了山与水、天与地、静与动、粗犷与细腻、豪放与柔美的融合,山因水而秀,水因山而清。我不知道乾坤湾因何得名,我只知道"乾坤"二字用在这里再也贴切不过了。其次是历史文化与时代文明的融合,这里有着最古老的关于人类繁衍的传说,同时也有着时代气息浓郁的人文遗址,彼此交融,融为一体,让你看不出哪里是自然的风貌,哪里是人工的痕迹,它们同时作为文化遗产和谐互补,隐蔽在黄土高原上。再次是人与自然水乳交融,不论是古人、今人、穷人、富人,只要你生长在这个地方,甚至只要你到过这个地方,你就必然会受到这方水土的感染,会打上这方水土的烙印。

我坐在会峰寨的古城墙废墟上,眺望山水缠绵的远景,真的感觉到像是走进了远古,走进了历史,融入了这片山水的深处,感受到天人合一、古今合一、阴阳合一、人物合一的境界。

乾坤湾既属于上帝,也属于人类,既是历史的产物,也是时代的延续。长年在乾坤湾观景作画的靳之林先生说"发现乾坤湾,改变美学观",可以说一语道破天机。

穷人树

一

进入大门往里走，近处，一汪湖水在秋日下微微起伏；远处，河岸和阳光的交界处，几团如烟的树荫掩映着零星的低矮房屋，若隐若现。沿湖边一条长长的土质缓坡上行，在接近东翼楼的岔路口，向西，路过西翼楼，再向北，进入白桦林。

不知道什么时候，我已经脱离了照相的同伴，一个人进入密林深处，三转两转就没了方向感，只是按着路标的箭头，在弯弯曲曲的路上，大步流星地往前走。

已是下午，阳光从杂乱无章的树梢上筛落下来，投下一地斑驳。路上的行人越来越少，很快就见不到人影了。我感觉我已经进入一个无人之境，远离了人间烟火，除了阳光、树林，在这一小块土地上，在这一小段时间里，只有我和树上东张西望的小鸟。我希望在这与世隔绝的瞬间，听到他的声音，我甚至希望看到他穿着白色长衫的身影、飘着白色胡须的脸庞。

　　这是什么？土路一侧，仍然是杂乱无章的林间空地上出现了一块整齐的青草地，大约有三四米长吧，高不过三十公分。难道，他就在这里？

　　按照路标的指示，前方已经没有路了。我停住脚步，四下打量，没有墓碑，没有墓室，也没有烟熏火燎的痕迹。只有几束野花，那是刚刚和我擦肩而过的外国人从附近采来的。

　　我只能相信，就是这里了。

　　我走近那一排像哨兵一样列队的青草，弯下腰，把我的手掌按在青草附近的泥土里。我不知道为什么要这样做，或许想感受一下历史中某个时刻的温度？应该是。

　　同行们陆续赶到。中国军事作家代表团全体人员，凝视着阳光下微微摇曳的青草，按照中国军队的礼节，行注目礼；再按照中国民间的习俗，鞠躬。

　　青草下面，是十九世纪俄罗斯最杰出的作家、世界上最伟大的小说家列夫·尼古拉耶维奇·托尔斯泰。

二

　　东翼楼是托尔斯泰最后的住所。几个小时前，我们在这里聆听这位伟人的历史。我们看到了追求"平民化"的托尔斯泰当年种地用的农具、做鞋的工具，还有一些简朴的生活用品。二楼一个简陋的房间里，按照当年的样子放着他当年用过的书桌、椅子，还有一件破旧的长衫。

东翼楼的门前，有一棵小树，单薄瘦弱。据说，当年托尔斯泰在这里写作的时候，周围的穷人经常到托尔斯泰庄园来寻求帮助。他们不愿意在托尔斯泰工作的时候打扰他，就在这个地方等待，待托尔斯泰出来散步，这才上前向他倾诉，获取帮助。后来，这棵树就成了一个中心，托尔斯泰常常在树下的长椅上同农奴们交谈，帮助他们寻求自由之路。所以，这棵树被人命名为"穷人树"——当然，此树已非彼树，这棵树是那棵树的后代，不变的只是位置，它的名字仍然是"穷人树"。

我不明白的是，这棵树为什么就不能长大一点呢，难道是为了保持它当年的模样，怕的是那些穷人——还有我们这些精神匮乏者不认识它了？

据说，晚年的托尔斯泰为了摆脱荣誉和财富，曾经称自己为 T. 尼古拉耶夫——我不知道这个名字的含义，而此时，我突发奇想，也许，这个名字的含义就是"穷人树"，至少同这三个字有关。

在东、西翼楼之间的一片空地上，还有许多树，其中的一棵脱颖而出，高耸入云。据说，托尔斯泰晚年曾经对来访者说，我就出生在那里，在三层楼的一个房间，在妈妈的怀抱里。

我们给那棵树的一个显著的枝丫拍了照，那就是当年主楼里托尔斯泰出生的房间的位置和高度。

雅斯纳·波良纳庄园（托尔斯泰庄园）是祖上留下的财产，一八五三年，从军队退役的托尔斯泰参与农奴改制活动，把主楼卖了，办了一份杂志。除此之外，还将西翼楼改成学校，托尔斯泰亲自担任老师。

在东翼楼里，我们幸运地听到了托尔斯泰讲课。那是从一个半世纪以前留下的一台留声机里复制下来的。声音洪亮浑厚，语速较快。翻译告诉我们，这是托尔斯泰在晚年勉励孩子的话：快乐生活，学习知识，做有用的人。

三

一九一〇年十月二十八日清晨，树木之间还挂着漆黑的夜，雅斯纳·波良纳庄园仍然沉浸在睡梦之中。托尔斯泰从东翼楼书房里，蹑手蹑脚下楼，拎上小女儿亚历山德拉为他准备的简单的行装，和他的私人医生一起，消失在夜空之中。

不知道这位伟大的平民是否真的像传说的那样，是因为家庭纠纷，不胜烦扰，负气出走。但可以肯定的是，托尔斯泰在离开家门的时候，心情应该是非常复杂的，尽管他的态度可能是坚决的，是义无反顾的。显然，他并没有打算告别人生，或许恰恰相反，他要脱离贵族的奢靡生活，完成他心灵的蜕变，实现他平民生活的理想。关于农奴制的问题，关于社会变革问题，关于教育问题，还有他为之倾注心血的文学，他都已经有了全新的见解，他要有新的行动，新的创作，他要发出新的声音！

一棵伟大的"穷人树"在悄悄地移动。

奥地利作家茨威格用他那精细的笔触和小说家惯用的套路，将托尔斯泰的这次出行描写得一波三折，险象环生，逃离荣誉，逃离财产，逃离那种含混不清的生活——到任何地方去，去保加利亚，去高加索，到国外，到随便哪个地方，到荣誉和人们再也够不着他的地方，只要终于进入孤独，回到自己，回到上帝那里。在火车站他还潦草地给他妻子写了一封信，通过马车夫把它送回家："我做了我这个年龄的老人通常做的，我离开了这种世俗的生活，为了在孤独和平静中度过我最后的有生之日。"在萨莫尔金修道院他还同他的妹妹、女修道院院长告别：两个苍老衰弱的人一起坐在宽厚的僧侣中间，因安宁和潺潺的孤独而具有幸福的表情。

几天后女儿随后赶到，成了他逃亡的盟军。但世界不允许"它的"托尔斯泰属于自己，属于他本身的、省察的意志。这个被追捕的人几乎还没有在火车车厢里坐下，就已经被出卖和包围了，荣誉再一次，最后一次拦住了托尔斯泰通向完满的去路。呼啸而过的火车旁的电报机线充斥着消息的营营声，所有的站都被警察告知，所有的公职人员都被动员起来，他们已经订好特快车，记者们从莫斯科，从彼得堡，从尼什尼叶—诺高奥特，从四面八方追踪他这只逃跑了的野兽。列夫·托尔斯泰不应该也不可以单独同自己一起，人们不容许他属于自己和实现他的神圣化。

托尔斯泰的出逃已经够隆重的了，而对他的阻止则更是声势浩大，他已经被包围了。茨威格说，是上帝及时地派来了增援部队，死神将托尔斯泰从人间的包围中解脱出来，让他回到他想达到的理想境地：在逃亡途中他罹患感冒，在十一月四日夜里，这棵苍老的穷人树又一次振作起来并呻吟道："农民——农民究竟怎样生活？"

十一月七日，比所有人都更明白地看过这个世界的眼睛熄灭了。庄园工作人员告诉我们，托尔斯泰最后说的话是，人类所有的哲学只有一句话：爱与和平。

四

从东翼楼到墓地，直线距离应该有一公里以上，绕路似乎应该更长一些。庄园的工作人员对我们说，托尔斯泰下葬那天，他生前的同盟者、受惠者、崇拜者、反对者、政府的工作者……从四面八方赶来，以东翼楼门口的"穷人树"为起点，托尔斯泰的遗体由几千人用双手托着，接力传递，送到了墓地。今天我们已无从看到那种朝圣般的场景，但我们的内心依然能够感受到在那一段时空里凝聚的情感。这个自发的仪式代表整个人类，表达了对于一个伟大的作家、思想家的尊敬和新的信仰。

在雅斯纳·波良纳庄园东翼楼，在莫斯科博物馆，在冬宫博物馆，我们都看见了那张照片：一个白须如瀑、身着白色长衫的矮个子老人，赤裸双脚，立在土地上，他的双手插在腹前的腰带里，长衫的口袋里沉甸甸地装着一本红色封面的书本，露出一角——应该是《圣经》。晚年的托尔斯泰主张让灵魂主宰肉体，使自己走向道德完善。

这张画像似乎是托尔斯泰留在人间最完整的形象，同时也传达着作为"平民化"的思想家的内心世界。

茨威格对托尔斯泰外貌的描绘，采用了层层递进的手法，从这个人身上看不出有任何精神的东西……混在人群里找都找不出来。对他来说，穿这件大衣，还是那件大衣，戴这顶帽子，还是那顶帽子，都没什么不合适。一个人长着这么一张在俄罗斯随处可见的脸。

为了证明这张脸的平庸，茨威格还进一步举了两个例子。他说，假如托尔斯泰和一群农民坐在一起，如果不是他在侃侃而谈，你很难搞清楚在那堆农民中间，哪个是托尔斯泰。如果他和马车夫并排坐在马车上，你得仔细看清楚，其中是哪一个人手里攥着缰绳，你才能判断出来，另外一个人是托尔斯泰。茨威格这么说，当然不是为了贬低托尔斯泰，恰好相反，而是在于证明：托尔斯泰并没有自己独特的面相，他拥有一张俄国普通大众的脸，因为他与全体俄国人民同呼吸共命运。

因为脸的平庸，就突显出眼睛。茨威格笔下的托尔斯泰，面部的其他部件如胡子、眉毛、头发，都不过是用以包装、保护他的眼睛——凡是从这双眼睛面前经过的一切，哪怕极其微小的事物，还有假象，无不为其洞悉。它们像 X 光一样透视着社会和人间的奥秘，就是这双眼睛日积月累的观察，建筑了《复活》《战争与和平》《安娜·卡列尼娜》。

据说，对这双眼睛，屠格涅夫和高尔基等上百个人都作过无可置疑的描述，而尤以高尔基的那句话最为经典："托尔斯泰这对眼睛里有一百只眼珠。"

因为拥有这双眼睛，所以托尔斯泰能够拥有常人不能拥有的东西，那就是对于人的意义，人的生活，人的尊严的理解，还有社会的诸多问题，关于等级的形成、亲情、爱情、伦理道德等等——正是因为他拥有深邃的思想，所以他肯定缺少一样东西，那就是属于自己的那一份幸福。

五

雅斯纳·波良纳庄园的南门口，建起了几座简陋的木屋，供游客歇脚。中午我们就在那里草草用餐。

餐毕，我站在不足百米的"小街"一侧，打量庄园内外，突然想，俄罗斯人真是太缺乏商业头脑了，像托尔斯泰这样重量级的大作家，留下的故居，对世界的文学家和文化名人都有极大的吸引力，而这么好的、几近天赐的旅游资源，居然被俄罗斯人忽视了。如果——我按照中国人的习惯思维推论——如果将托尔斯泰故居修缮一新，在此地建造一座、两座三至五星级酒店，建造几个旅游商店，再修建一些如银行等配套设施，这里很快就能成为一个旅游重镇，从而带动当地的经济。这要是在中国，用不了几年就可以升格为县级市。他们居然就让它荒废着，依然是一个古老破旧的村庄。

我把我的想法告诉了我们的老朋友奥列格，奥列格没有理解我的意思，倒是我们临时请来的翻译闫兰兰，沉思一会儿对我们说，俄罗斯人的想法和我们不一样，他们的理念是尽可能地保持名胜古迹的生态。如果不是政府严格控制，世界范围内，尤其是中国人，早就在这里投资了。

哦，我说。我只说了一个字，就不再说话了。因为，我所想到的，正是托尔斯泰极力逃离的。我为我一刹那的念头感到惭愧。

庄园工作人员说，托尔斯泰晚年有个心愿，就是要到中国去一趟，可惜未能成行。那一瞬间我突然想，未必，或许，他老人家的灵魂早已在中国扎了根，生长出一些"穷人树"来。

傍晚，我们离开了托尔斯泰庄园。夕阳西下，岗峦起伏，广袤的原野里一簇簇紫的、黄的、暗红的色彩像跳动的火焰，与天穹下的晚霞交相辉映。奥卡河（伏尔加河支流）碧波荡漾，在我们的视野里蜿蜒延伸，直到汇入落日余晖，水天一色。

窗外的景色，就像油画的长廊，快速地流过。我们的心中涌动着那首淳朴的歌谣，那杂树丛生的墓地，和那像哨兵一样列队的青草，在眼前挥之不去。

辑二

吹角连营

冬天里的一把火

三十多年过去了,我依然清晰地记得那团燃烧的炉火——长方体的炉灶贴墙砌在宿舍南边窗下,宽而且高。那时候我们称那种笨重敦实的炉子为"老虎灶",灶台上架着铁丝网,上面搭满了在白日训练中汗湿了或被雨雪浸湿了的棉袄棉裤和棉鞋。一轮皎月挂在窗外的树枝上,不时有干部或老兵们踏着薄冰在门外走动,蹑手蹑脚地开门进来,先是挨个查铺,帮大家掖好被角,又到窗前查看通风口,再将铁丝网抱下,加几块煤,捅捅火,火苗往上蹿了几蹿,立刻,雪白的墙壁就被映出一片闪烁的橘红色,然后再将铁丝网托上去,把棉袄棉裤翻个个儿,空旷的房间里就重新弥漫起夹着汗湿味的温暖——这温暖是不会冷却的,它从新兵们入睡一直持续到第二天起床号响,直到我们一跃而起穿衣撒尿出操之后,才会由值日的老兵把老虎灶暂时封起来,在晚点名之后又重新以灿烂的燃烧给我们营造一个温暖的怀抱。

这团炉火便是新兵时期留给我的难忘的记忆。我们参军到达中原古城安阳的时候,恰逢漫天飞雪,雪后就是天寒地冻。只几天工夫,手脚就长了冻疮,脸上也裂开了口子。老天爷给了我们这些南方兵一个下马威,在这样凛冽的环境里开始军旅生涯,首先就从心理上产生了畏难情绪。我是在小城镇长大的,兄弟一人,自小还是有些娇惯的。我没有想过军营生活原来竟是这样的,手上生冻疮不说,脸上还要开裂。早知道会这样我就不来当兵了。在家里待业吧,招工当个澡堂工人理发匠之类的,也远比受这份罪强得多。

但是,在沮丧的时候,我看见了那团炉火——它有时候是暗红色的,有时候是橘红色的,燃烧中的煤炭呈半透明状,有时候在红色的火焰上面还会聚集几束蓝色的火苗。它在舔舐着新兵宿舍里的黑暗和潮湿,也在融化着我们心中的寒意。以后我曾经不止一次地想过,在我参军之初最迷茫和最容易动摇的日子里,也许就是这团炉火潜移默化地影响了我,不动声色地坚定了我。新兵排二十一个新兵有山东的、安徽的、河南的、河北的,住在一间约四十平方米的大房间里,统统地铺,但铺草厚实松软。到新兵宿舍查铺查哨的干部或老兵我们大多不认识,以后认识了,我就再也没有忘记他们,譬如无线班副班长王晓华,指导员赵蜀川,二班副耿其明,六班长王宝贵……三十年后我依然能够记住这些名字,足以证明老兵对新兵的关怀——哪怕仅仅是举手之劳的微不足道的关怀,也很有可能给一个处在茫然状态的新兵留下美好的记忆,甚至会在一定程度上改变他们。

记得是在一个皎月当空的夜晚,一名小个子老兵又来查铺,他走到我的铺前发现我是醒着的。他注视了我片刻,轻轻地问:怎么还不睡,想家吗?我犹豫了一下,点点头。又说,不完全是。他在我的铺前站了一会儿,说:我刚当兵的时候也是。没有新兵不想家的。不过,你得好好睡觉,不休息好明天训练会走神的。我说:你们每天都来帮我们掖被子,真好。他笑了笑,在闪烁的炉火映照下,我发现他的脸很年轻,但居然给我以慈祥的感觉。他说,用不了多久,你成了老兵,也会这样的。然后他就出去了。在他离开之后,我仍然没能很快入睡,但却不乱想了,我在想他的话。

这个人是我们炮团九连无线班班长陈仁进。其实,那个夜晚陈班长并没有做我的思想工作,此后也没有再找我促膝谈心,但是,他那几句十分平常的话,却让我的心情久久不能平静。我憧憬着我当老兵以后的作为,就颇有点激动了。想一想那团红色的炉火,想一想那些在时明时暗的光线里悄然而至的身影,想一想那些并不比我们大多少的老兵给予我们的兄弟般的关怀,就很有感慨:当个老兵真好。

在那团炉火的陪伴下,我的新兵生活顺利地结束了,幸运的是,我恰好被分到了无线班,陈仁进便成为我下到老兵排之后的第一任班长,同时也成了我军旅人生的第一个导师,在他软硬兼施的培养下,我顺利地完成了从非军人到军人的过渡。之后不久,部队到南方参加了一场重大行动,我立了功,又因为写报道有点成绩,引起上级文化部门的重视,被作为重点人才培养,并于参军八个月之后,当上了炮兵班的班长,成了货真价实的老兵。

第一次到新兵宿舍查铺的时候,我觉得是一件很神圣的事情,记得在进门之前我踌躇了一会儿,用现在的话说可能就算是酝酿情绪吧。我像老班长那样,帮新兵们掖被角,查看通风窗,添煤捅火,帮他们烘烤棉袄棉裤。做这些小事的时候,心里的感觉却很崇高。与我在新兵时候所见到的那些查铺的干部或老兵们不同的是,在做完这一切之后,抑或是不放心,怕自己有什么疏漏,抑或是想重新体验那种感觉,反正我是在离开后不久又重新回到了新兵宿舍,又在那里静静地待了一会儿,静静地观察那些比我年轻或者同我一样年轻的脸庞。其实看得很朦胧,但我能够感觉到他们睡得很踏实,很香甜。

提干之后不久,我就到机关工作了,再往后,又开始了文学创作并被调到北京,从此远离了老部队。白驹过隙,岁月悠悠,三十年过去了,我的老班长也早已复员回乡,但他曾经照料过的那团炉火却时常在我的心里燃烧。

一九九二年,我写了一篇小说《弹道无痕》,被改编拍摄为同名电影后获了一些大奖。如果说这部电影是成功的话,那么,最令我感动的还是它的片头:一轮巍峨的太阳从天穹处的地平线上升起,红彤彤的光辉弥漫了整个画面——这正是我心里储存了多年的色彩啊。那团红彤彤的太阳,以及影片中好几处反复出现的炉火,都像是在展示我心灵中的一段历史。这篇小说的两个主要人物是老班长李四虎和新兵石平阳,石平阳就是在那种红彤彤的氛围里成为老兵、班长、老班长的。我记得我在写作的时候,并没有把那些人物同我的切身经历结合起来,脑子里倒是若隐若现地晃动过几位战友的影子。那么,影片里出现的并且是贯穿始终的火红的基调，只能理解为本人记忆中的色彩信息通过文字对于再度创作人员的暗示了。

如今，当我回忆起我新兵时期享受过的那团炉火的时候，突然想到，一个人一辈子要遇到多少事情啊？有大事有小事，但是影响和改变我们的未必都是大事，尤其是对于新兵，也许很小的事情就会深埋在他们心底，并滋润或者破坏着他们的感情。

向右看齐

向右看齐就是向我看齐。从一九七八年十二月到一九七九年十一月，在我们炮团九连八班，这是硬道理。

我从新兵排下到老兵班后的班长是陈仁进，他身高只有一米五八，我比他高出二十公分还多。如果是站在全连队列里向右看齐，作为班长之后的排头兵，我的脑袋不仅需要向右转四十五度，还得向下倾斜四十五度，这样一来，形象就有点不雅观，好像我在蔑视班长似的。如果不是在队列里，我和班长面对面说话，那情景又有点像毛主席接见小八路，班长得仰起脑袋看我，样子很滑稽。

但这个小个子班长很严厉。我们是炮兵，搞专业训练，我传错一道口令，他就会大喊大叫地训斥，甚至跳起脚板骂人，如果我的考核成绩在全连新兵中不进入前三名，他不仅批评我本人，还会在班务会喋喋不休反复骂骂咧咧，让全班都跟着我"连坐"。我觉得他过分了，就把脑袋仰起来，听之任之。他对我这个动作很恼火，说我傲慢。他似乎很介意我的下巴颏，搞队列训练的时候，只要我的下巴颏稍微仰一点，他就会大声训斥，喝令我"下颚微收，两眼平视！"甚至动手向内扳我的下巴颏。当然，他也不全是一味地训我，他对我说，你虽然有悟性，但是很骄傲。我分辩说我没有骄傲，要不班长你举个我骄傲的例子。他说，看看，这就是骄傲，听不进去别人的意见就是骄傲。为什么老是昂首挺胸呢？为什么收不住下巴颏呢？你这个样子就是目空一切，不是骄傲也是骄傲。

虽然有些委屈，但班长的良苦用心我还是能够体会到的。而且，我还得感谢他让我当了排头兵。我很看重排头兵这个角色，每当班长下口令向右看齐的时候，全班的目光齐刷刷地凝聚在我的鼻尖上，就有几分得意和自豪从我心里油然而生，胸膛也就不由自主地挺直了，两腿并拢，双目平视，于是乎仪表堂堂——不谦虚地说，我当新兵的时候军姿还是比较标准的，这不仅得益于班长的严格要求，更得益于他在不知不觉之间激活了我内心深处的自信和责任感。

当兵后的第十一个月，我调出八班当了一班的班长。一班是连队的基准班，清一色的大个子，齐刷刷的棒小伙，在全连队列里，横队站前排，纵队走内侧，横竖都是显眼的位置。春节过后，我第一次作为班长组织训练，准备在全团会操的时候露一手。但说实在的，队列动作就那几套，无非就是令行禁止整齐划一，似乎不太好出彩。我找老班长请教，老班长说，队列动作就像人的脸，动作做好了就是漂亮，但是，光漂亮不行，还得有神。怎么有神呢？要在"气"字上做文章。

老班长的话对我很有启发,于是我就开始琢磨这个"气"字,要求班里同志喊口令必须喊出肺腑膛音,立正的时候脚底抓地,行进的时候两肋生风,分解动作铿锵有力,齐步跑步头顶热气,拔起正步排山倒海……说多了,练多了,队列面貌果然不一样。站如松,行如风,坐如钟,那种感觉绝不仅仅是军人姿态和仪表问题,而是一种深层次的精神打造,是对于军人品德、意志以及能力的基础构筑。站在这样的队列里,你会感到从头顶,从身边,从脚下,有一股强热的气流灌注于你的骨骼和血液当中,于是就把你的雄心和意志激励到了极致。

不久,团里召开春训动员大会,我们班作为队列示范班参加会操。那天我的感觉非常好,指挥全班立正,稍息,左转,右转,正步,跑步,一套流水作业下来,干净利索,虎虎生威。我感觉,这次拿第一是没问题了,难免有些得意,这一得意就出了问题。跑步到观摩台前敬礼请示带回的时候,那几大步我跨得有些气盛,立定的时候没有定住,导致重心不稳,打了个趔趄。为了掩饰摇晃,我赶紧举手敬礼,没想到食指戳到帽檐上,居然把棉帽戳到地上,骨骨碌碌地滚到了团长的脚下。我顿时惊出一身冷汗,脑子里一片空白,冲到嘴边的报告词也忘了,手足无措地傻站在那里……结果可想而知,把洋相出大了。

会操回来,中午和晚上两顿饭我都没吃。老班长陈仁进硬把我拉出去谈了一次心,骂我说,男子大汉没出息,这么点小挫折就承受不起啦?我说,窝囊啊,本来不该这样的……老班长说,失败是成功他妈，失败打倒了你你就是草包，你扛住了失败你就是好汉。你文化底子不薄，好戏还在后头。但是要记住，不要翘下巴，一翘下巴就丢分。为什么把帽子戳掉了，就是因为队列汇报太顺利，心里太得意，我看你往主席台跑步的时候，嚆，一脸的神气，步子都有些收不住了。

我说老班长的话我记住了，往后我会经常提醒自己下颚微收。

这年秋天，老班长复员了，因为军队干部制度改革，他已经失去了提干的机会，而我则在此后不久考进了军校。

多少年过去了，故事已成为往事，老班长的话却像陈年老酒，历久犹香。他当年不厌其烦地纠正我的下巴颏，或许只是出于队列规范的要求，但这其中却隐含着深刻的人生哲学。一个人无论是仰面朝天还是俯首看地，目光都是狭隘短浅的，而只有平视，才可能有长远辽阔的眼界。我感激命运之神在我初涉军旅的时候给了我一个好班长。写这篇文章的时候我突发奇想，假如我们还能聚在一起，在队列里，在向右看齐的时候，也许我再也用不着把脑袋向下倾斜四十五度了，虽然他个头比我矮，但是作为一个老兵，在我的感觉里，他比我高。

目标正前方

阳光从雪地反射过来，在准星上跳动。我屏住呼吸，每隔十秒钟扣一次扳机，恍惚中，每一次都命中靶心。当然，这是幻想，此前两次新兵考核我都不及格，因为我是左撇子，瞄准的时候右眼睁开了，左眼却闭不上，两只眼睛一起看出去，自然瞄不准。听说连队准备让我到农场去喂猪，是班长向连长立下军令状，给他五天时间，我如果再不及格，他就跟我一起去喂猪。

班长的苦难开始了，每天跟着我在雪地里死缠烂打，十分艰难地帮我实施"左换右"。

记得是第三天，一次击发后，我爬起来，忐忑地闪到一边。班长趴下去，在枪位后瞄了很久，突然跳起来兴奋地说，八环！我吃惊地看着班长，将信将疑趴下，右眼看了再用左眼看，再拉开距离看，千真万确，我刚刚确定的瞄准点落在距枪口五米开外的十六开白纸上，聚焦在八环线上。

我，可以瞄准了？——我好像在问自己。

你当然可以瞄准了，一个会用左眼的人，不可能不会用右眼，习惯了就好了。班长坚定地说。

此后的两天，只要上了训练场，班长那道"目标正前方"的口令一下，我就浑身发烫，就像吃了激素，不仅眼睛亮了许多，神奇的是，用来击发的右手食指也灵活了许多，我感觉每一次都是弹无虚发。

五天后，我加入了本营补考的行列。趴在地上，我的脑海异常纯净，只有那个意念中的八环线从白纸跳到百米外的胸环靶上。我终于及格了，五发子弹打了三十七环。

后来我知道，当初班长让我看的那个八环，其实是虚构的，他是为了树立我的信心才搞了一个小动作，而就是这个"八环"，改变了我的人生。

从安阳出发

一九七八年冬，一列火车把我们上千名新兵拉到安阳南站，然后转乘卡车，在风雪中穿城而过，抵达北兵营，从此就开始了我的军旅生涯。营房西边是海军滑翔学校的机场，跑道北边，有很大一块草地，那就是我们的野外训练场。从训练场往西看，视野十分开阔，远处的地平线是纱厂的厂房、钢厂的烟囱，再往西，就是天穹和太行山。

这个训练场是我人生的重要一站，以后我写的几部当代军事题材的小说《弹道无痕》《仰角》和《明天战争》，里面有很多场景都是来自于此——此为后话。

安阳是个好地方，这是我参军来到安阳的第一印象。我们这批新兵来到安阳，恰逢春节将至，地方政府在安阳剧场连续搞了几场慰问演出。我看的那场戏是曲剧《陈三两》，讲的是一个惩恶扬善的传统故事，这是我第一次接触到曲剧，也是第一次感受到河南文化。

坦率地说，那年头我之所以参军，是因为想当军官。一九七九年初春，部队到前线参战，我积极得要命，摩拳擦掌地抱着冲锋枪，老是想朝谁打一梭子，以至于有些老兵非常讨厌我，怕我把敌人的火力吸引过来。很快，我在我们那批新兵当中第一个立了三等功。从前线回来，我被抽调到团报道组写新闻稿，不久又作为骨干选送到团教导队，入伍八个月后即当了班长，这在同年兵中又是第一个。感觉中，四个兜的军官服就在前方的路口等着我。虽然我只是个班长，但是在组织训练的时候，我已经开始给我的手下大谈连营战术和炮兵群指挥了，我已经把自己当作未来的炮兵团团长了。

然而，就在我踌躇满志的时候，一个政策下来，今后将不再从士兵中直接提升军官。我一下子蔫了，再也没有过去那种趾高气扬的感觉了。有时候望着眼前挂在房檐的冰凌和远处一望无际的大草甸子，我的心里就有一种莫名的苍凉，不知道自己的前途在哪里。我在那里开始写诗，对着苍天和大地默默地抒情。

有一次训练间隙，眺望夕阳余晖，大漠孤烟长河落日的悲壮油然而生，忽然从心底升起一缕旋律——起来，不愿做奴隶的人们，起来，全世界受苦的人……要创造人类的幸福，全靠我们自己……我进入到忘我的状态，唱着走着，从营房北门一直走到韩王渡。在我最不得志的时候，就是《国际歌》在燃烧着我。我相信我的歌声至今也没有消失，它们一定被北兵营训练场那片草地收留并珍藏。

就在那天，我坚定了信念，不气馁、不放弃，只要有一线希望，我就要坚持下去。那段时间，我成了一个沉默寡言的人，咬紧牙关，操枪弄炮，把我的那个班带得虎虎生威。年底，我的班成为全连战术基准班、全团队列示范班。翌年春天，我被推荐报考军区炮兵大队，一年后终于被提升为排长，回到原部队任职。

我当排长的时候二十三岁，做过一件很幼稚的事情。记得那是一九八二年夏天，我刚领到第一套四个兜干部服，就迫不及待地穿上，请假到汤阴拜谒岳飞。因为穿着军装不便烧香磕头，我就写了一张纸条，大意是：我也很想"乃文乃武"，可是我现在职务太低，写作还老是遭到退稿。我希望得到岳大元帅的帮助。乘人不注意，我把这张纸条塞到一个亭子的砖缝里。

也不知道岳大元帅是否注意到我的纸条，但这样做后，我的心里底气足了许多。几个月后，我被调到师政治部当干事，并且于第二年在当时很有影响的《飞天》杂志上发表了我的第一部短篇小说《相识在早晨》，从此拉开了军旅文学创作的序幕。二〇一〇年中国作协组织中国作家看河南，我重返汤阴，对随行的记者说了这个故事，他们兴致勃勃地去寻找那张纸条，可惜没有找到。

也是那个夏天，因为连长参加整党学习，我一度代理连长，和指导员王道聚带领连队为安阳市人民公园修建人工湖。那时候年轻，不知道什么叫累，我和一名大个子武汉兵轮流执掌一辆板车，像牛一样地起早贪黑。安阳市人民公园那个军民共建湖，里面不知道有我多少汗水。我十年前回安阳，还特地去人民公园转转，回忆我的连队我的兵，很有感慨。

那个时候，好像是个文艺复兴的时代，各种文学刊物如雨后春笋,年轻人最时髦的话题就是文学艺术。记忆中的安阳工人文化宫是很红火的,阅览室里有全国省以上的报纸和各类文学期刊。文化宫的外面,马路两边的灯箱里经常展览书法美术作品。给我的感觉,安阳不仅是历史文化名城,当代文化氛围也十分浓厚。

一九八四年,我所在的部队再次到前线执行任务,战斗间隙,在热带丛林十分艰苦的环境里,我仍然坚持文学创作,常常夜不能寐奋笔疾书。一年多的时间内,我一共写过六部中篇小说。那时候,侦察大队的同志都知道我是个作家,大家随时准备祝贺大作发表,我也随时准备一鸣惊人,但我很快失望了,投稿后几乎全都石沉大海。每周,麻栗坡邮局的冯大爹挑着沉重的担子,翻山越岭来到前线,都会引起我无限的期待。起初,通信员赖四毛发现有我的大宗包裹,就会欢天喜地地冲进连部嚷嚷:指导员,你的作品发表了。可是每次打开,都是退稿,搞得我无地自容。后来,我找赖四毛郑重其事地谈了一次话,以后但凡有我的大宗包裹,先藏起来,等没有别人在场的时候再交给我。

一九八五年冬天,部队已经回到安阳半年了,有一天我到通信员和文书合住的宿舍检查卫生,发现赖四毛的床下藏着一堆脏乎乎的东西。我问这是什么东西,赖四毛鬼鬼祟祟地说,指导员,是你的退稿,我把它藏起来了。我掂掂包裹,很大很沉,心里疑惑,我哪里会有这么大的退稿啊?我让赖四毛把包裹打开,眼前顿时一亮,原来是十本崭新的《小说林》杂志,打开封面一看,眼前更亮,我的中篇小说《征服》赫然出现在头条上。这次成功就像打开了闸门,此后不久,我就接到《清明》《莽原》等文学刊物的通知，六部中篇小说，有四部早在半年前就发表了。那年头能领到近千元的稿费，可谓巨款，我请本部的文友到安阳老街江南包子馆大吃一顿。这以后，我的文学创作事业就进入到良性循环状态，一发不可收拾。同时，在安阳，我结识了一大批文学朋友，比如黄京湘、梁广民、朱冀濮、朱江华、郭亚平等人，并开展了各项文学活动，有声有色，影响很大。我和朱江华联合创作的摄影小说《血源》，在全国摄影小说大奖赛中获得进步奖。那个时期，安阳市差不多成了全国摄影小说的第二个根据地。安阳文联主办的文学杂志《洹水》和《安阳日报》副刊，也是我发表作品的主要阵地之一，给我很大的鼓励，这是我至今难忘的。一九八七年建军节，我同《安阳日报》副刊编辑马金声策划，搞了一个军事专版，整整一版发表的都是驻军作者的文章。现在想来，安阳文艺界和新闻界对驻军的文化事业，支持很大。

我是一九九四年在安阳驻军某部宣传科长位置上调到北京的，事实上，这些年我和安阳文学界的联系始终没有中断过，安阳本土作家郭亚平编剧的两部电视剧《兵变1938》和《滇西1944》，我都参与策划了，我还随时准备同亚平兄进一步合作，为弘扬古城文化，彰显红旗渠精神，尽一份努力。

转眼之间，三十多年过去了，从我当新兵开始，步步成长，安阳可以说是我事业进步的重要起点。如今再回安阳，漫步在洹河岸边，安阳桥头，北兵营外，青春的光芒依然在我眼前照耀。

一次让人后悔的『伏击战』

那个夏天某日,我们炮团九连出了一件不大不小的事情。早操完毕,三班长照例要来到菜地忙活一阵。三班的菜地与众不同,种的是黄瓜和西红柿,这体现了三班长的风格。三班长是个文学爱好者,有点浪漫情怀,蹲在菜地边上看着那些碧绿鲜艳的果实,他的心里很惬意。在他的心目中,这些果实的审美意义远比改善伙食重要,它们是一道风景,是一片盎然的春天。为了捍卫这片春天,他不仅严令本班战士不得擅自享用,还同炊事班长数次进行艰苦卓绝的斗争,尽量减少掠夺。本连的同志都知道,三班种的菜不是为了吃,而是为了看的,所以很少有人敢于冒犯。

但这天早晨情况发生了变化。三班长蹲在菜地边,一边松土一边欣赏自己的作品,看着看着脸色就变了,倒吸了一口冷气:他娘的,少了六条黄瓜?还少了三个西红柿?赶紧起身再数一遍,千真万确,六条黄瓜和三个西红柿去向不明。

这天的早饭,三班长只吃了半个馒头。

情况很快就分析出了大概眉目。九连是炮团大营房的最后一个连队，与卫生队同住西北角。前几天，师医院卫训队结业，有七名女兵被分到炮团卫生队实习，小偷八成就是这几个馋嘴丫头。

三班长化愤慨为力量，眉头一皱，计上心来。

果然不出所料。第二天晚上熄灯前，卫训队的女兵们当真出动了，这次来了三个，她们相伴到营房南边后勤处洗澡，回来路过此处，既然有这么水灵晶莹的瓜果在路边等待，不顺手摘上几个，那她们就不是女孩子了。她们可没把问题想得那么严重，走进菜地的时候，从容不迫，一点儿也不慌张，一边选择，还一边叽叽喳喳地嬉笑。她们做梦也没有想到，恐怖正在悄悄地向她们逼近——就在她们即将动手的时候，从菜地的某个角落里传出一个低沉凶狠的类似鬼叫的颤抖的声音：缴枪不杀！

女兵们大惊。然而这只是个开始，就在她们拔腿要逃的时候，在朦胧的月光下，她们看见两个猪脸怪物四肢着地，蹦蹦跳跳地向她们爬了过来。三个女兵顿时魂不附体，她们哪里见过这种似鬼似妖的东西？于是乎惨叫着碰撞着，跌跌撞撞地逃出菜地。

不难猜想，这场惊险的闹剧自然是九连三班长导演的，他和他的副班长备好了防毒面具，已经在菜地里等待一个多小时了。

该三班长就是鄙人。

这场富有创意的"伏击战"，曾经令我得意一时。以后我写过一部中篇小说，叫《弹道无痕》，其中有这么一段：老班长李四虎为了报复排长，利用热恋中的排长辨别能力较差的弱点，引诱排长雨夜赴约，结果被一个戴着防毒面具的怪物吓得屁滚尿流。这个情节就是从当年菜地吓唬女兵派生出来的。

在现实中，这次行动并不光彩，事后不久，几乎全师的女兵都知道炮团有个坏人叫徐贵祥，问题的严重性甚至危害到我提干后谈恋爱。那时候我已经是本师著名的笔杆子了，在师政治部当干事，本来找女朋友不应该困难的，但是师医院的一名女医生谆谆告诫我当时锁定的目标，说千万不要跟这种人交朋友，几个小女兵吃了他几条黄瓜，他就能使出那样的坏，可见没有一点怜香惜玉的胸怀，心狠手辣，这样的人你别指望他疼你爱你——不知道这些话是不是起了作用，或者是部分地起了作用，反正我向往的那个漂亮的姑娘最终婉言谢绝了我的追求。

此事已经过去快二十年了，那个夏天的夜晚仍然时时让我汗颜，每当想起，我就内疚不已。我至今还记得那几个差点儿被我吓掉魂的女兵的名字：黄秋云、秦晓玉、李甜。曾经听说李甜患肾病很严重，我有时想，会不会与那场惊吓有关呢？那时候真是太年轻了，年轻得不知轻重，为了保护我的那一小片春天，却伤害了几个豆蔻年华的女孩，鄙人的确是鄙人。不管她们现在生活得怎么样，但在她们的心里，我的形象可能一直都是一个阴险的家伙。我希望有一天我们能够重逢，我会真诚地向她们说，对不起朋友们，如果让我们再回到二十年前，我愿意正经地当一次护花使者，把我种的黄瓜和西红柿统统送给你们，你们比那些黄瓜和西红柿远远重要得多。

军艺生活点滴

一九八八年的夏天,我所在的集团军搞了一个"旅团营连四长集训",白天是战术技术,夜晚是偷袭捕俘,龙腾虎跃,气势汹汹。尽管天气炎热,体力消耗巨大,但在训练之余,我还是趴在高低床上,汗流浃背地写小说。此前,作为一个业余作者,我已经在《小说林》《清明》《飞天》等刊物上发表了六部中篇小说和若干短篇小说,正是方兴未艾踌躇满志之际,根本不知道什么叫苦和累。那时候,我一心想着要当作家,哪有心思研究战术啊!

一天中午,我正鬼鬼祟祟地写小说,我的好哥们、宣传处干事李光明给我打了一个秘密电话,他压低声音告诉我,解放军艺术学院招生的通知下来了。

天哪,这几年我朝思暮想上军艺,终于看见曙光了。我迫不及待地对李光明说,老兄,请你帮我报名,我尽快请假回机关。

但是李光明紧接着又给我透露一个信息,他向政治部首长推荐人选的时候,首长明确表示,不能让徐贵祥上军艺。

犹如一瓢凉水当头泼来，我火冒三丈地问，为什么？

李光明说，他也不知道为什么。

我很快就冷静下来，认真寻找原因。首先我想到的是，我的手里确实有几项工作没有完成，但是这些工作是长期的，如果我被这些工作缠住，就等于在一棵树上吊死。而考入军艺，不仅能实现我的梦想，也可以使我迅速摆脱那些我本来就毫无兴趣的文牍工作。我分析首长的心态，只要我提出报名，首长虽然可能会为难，但也不会直截了当地挫伤我的积极性，再说，这些工作我可以做，别人也可以做，而报考军艺，在我们集团军范围内，只有我最有资格。我最后得出结论，这件事情还有回旋的余地。

眉头一皱，计上心来。我对李光明说，请你向首长报告，就说徐贵祥要求报考军艺的愿望迫切，如果组织上不批准，对徐贵祥是个打击，这个人可能会一蹶不振，会严重影响工作。为了稳定徐的情绪，不妨给他报个候补的名字，反正他也考不上。

李光明叫了起来，你小子别害我，你万一考上了怎么办？你屁股一拍走了，首长不骂我啊？

我说，你太高看我了，考军艺要参加全军统考，还要经过军艺甄选，我连函授大学的学历都拿不到，作品虽然数量多，但是不上档次。你可以向首长保证我考不上。

李光明说，你明知考不上，你还死乞白赖地报名干什么？

我说，不到黄河不死心啊，我总得试试吧。

李光明疑疑惑惑，不停地嘀咕，你这家伙诡计多端，你小子万一考上了怎么办？

我火了。我说，老兄，你就这么没担当？万一我考上了，你说你怎么办？你好办得很，万一我考上了，你脸上有光，你就是伯乐。我考上了，生米做成熟饭，首长能把你枪毙了？没准首长早就想让我滚蛋了，只有你在那里帮我自作多情！

经过反复密谋，李光明最后终于答应，帮我把名先报上再说。好在，政治部首长终于同意了。

当我决定报考军艺之后，我的另一位朋友，也是本集团军文艺界大名鼎鼎的业余文工团创作员老某，信誓旦旦地告诉我，我的作品虽然发表刊物的级别不高，但是分量不轻，他和军艺的教员朱向前是莫逆之交，可以向朱老师推荐。这个信息使我增添了信心。我二话不说，就挂通了朱老师的长途。岂料，朱向前说他并不认识老某，倒是很早就关注我了。我一听这话更激动，就像掉队的红军找到了组织，我满腔热忱地向朱老师表达我的愿望和理想。最后，朱老师让我把最新的作品寄给他，先看了再说。

几天后，朱向前打电话告诉我，我的作品不错，但有差距，主要是没有在军内文学期刊上发表作品。就创作专业水平而言，在前面二十五名考生中，我的作品排在十六名至二十五名之间。这是什么意思呢？后来才知道，作品排在前十五名的，基本上就录取了，而进修生正式名额是二十个，剩下的五个指标，要从十六名到二十五名十个人中,通过全军统考,以文化成绩论成败,十中取五。

这对我来说无疑又是一个严峻的考验。好在那几年我一直为学历而奋斗,先后报考过各类电大、函大乃至刊大,多少还有些基础。加上临阵磨枪,考试并没有把我难倒。开学之前,朱向前给我打电话说,你老弟还挺争气,在文学系录取的学员中,你的文化考试成绩,总分排在第一。

一九八九年七月,我以三十岁高龄,考入解放军艺术学院文学系。

以后才知道,在我当初决定报名的时候,本集团军政治部首长确实不是很想放我走,他们也是好意,认为可以把我培养成为一个带兵的干部,而不是文字匠人,他们认为我写小说"可惜了"。我入学后,政治部从基层调了两个干部上来接替我,这两个人,一个人现在已经当了将军,另一个正准备当将军——这是后话了。

我们这一茬人上军艺,当时北京正处于浮躁之中,我印象很深的是,有几个同学常常在夜里发出莫名其妙的嗥叫,宿舍过道里,还经常有人打架。校方和教员对我们这些人比较宽容,大概把一些反常的现象理解为"行为艺术"吧。因为我在基层当过主官,也可能因为我五大三粗加上一脸横肉,看起来比较威严,所以就让我当了班长。刚开始的时候我确实踌躇满志,经常吆五喝六组织打扫卫生、检查内务等等。同学们议论我是侦察连长出身,刚从战场上下来,还有的说我是拳击冠军,所以很长时间大家对我都很戒备,走路迎面碰上,老远便绕开。本来,我还以为因为我是从基层来的,大家看不起我,哪里知道原来他们是怕我,这让我很难受。其实那时候我既自卑又孤独。入学不久,我写了一个中篇小说《大路朝天》(发表在《清明》杂志上),就是这种处境和心态的真实写照。

八十年代后期,解放军艺术学院条件还很艰苦,我和诗人王久辛、小说家赵琪和编辑家曹慧民住在一间宿舍里,这间宿舍后来被王久辛命名为"102室",102室面积很大,每人用布帘子隔了一个空间,从此就开始了为期两年的"深造"。

说是军校,但给我的感觉是,我们这些军队干部学员聚集在一起,就是一个长期的规模较大的笔会,用现在的话说,就是"互动"。系主任张学恒和教员朱向前、黄献国、张志忠、刘毅然等人,经常到我们宿舍聊天,坐在床上,高兴了用电炉煮一盆速冻饺子,用茶缸喝酒,吹大牛侃大山。王久辛同教员们早就熟络,大大咧咧地不喊老师,直呼其名,久而久之,我们也就向前、献国、志忠、毅然地乱喊,高兴了还拍肩膀。其实,就年龄而言,教员们跟我们相仿,大不了几岁,有的学员比教员还要年长,彼此之间亲密得很,像兄弟。他们除了在正课时间传授创作理论以外,更多的是在课余和我们交流创作经验。对于作家而言,经验之谈,尤其实用。

我在军艺进修两年,其间听过不少名家大师授课,课程很丰富,应接不暇,有些还很深奥。印象中,钱理群和王富仁讲鲁迅讲得比较系统,王扶汉还讲了几天《易经》。我这个人比较功利,一是只听自己听得懂的,二是只听对我有用的。所以两年下来,理论上仍然模糊,倒是积累了一些创作经验。

与同学相处,同宿舍的四个人,狗脸亲家,今天吵架,明天喝酒。但总体来说,最初半年,我和赵琪、曹慧民相处得更为融洽一点。王久辛诗人性格,好为人师,爱出风头,我们三人常常暗中联合起来,你一言我一语讽刺挖苦王久辛。但王久辛全不在乎,照样颐指气使,指手画脚。渐渐熟悉了,觉得王同学可爱之处也很多。我后来写《高地》,主人公兰泽光自我标榜说:"我的缺点都是小缺点,无伤大雅;我的优点都是大优点,有利于国家。"这句话的前半部分就是评价王久辛的。讲一句良心话,王久辛读书甚多,对于文学,确实有一些独到的见解,我本人还是受过不少帮助的。那时候他正在创作长诗《狂血》,每天深更半夜,都能听到他的钢笔敲击桌面的声音,时轻时缓,犹如奔驰的马蹄。他的勤奋一点儿也不亚于赵琪和曹慧民,仅次于我。

我记得有一次赵琪说我不会写短篇小说,我一气之下,一周之内写了三部短篇,请王大师指点。王久辛连夜看完,往赵琪桌子上一扔说,这不是短篇小说是什么?看看吧,短篇小说就要这样写。这三个短篇,标题分别叫《错误颜色》《某个夏夜的话题》《胆量历程》,后来分别发表在《作家》《作品》《解放军文艺》杂志上,均为头题。这个结果,一是说明本人有较强的短篇创作潜力,二是说明诗人王久辛并非不懂小说。我的中篇小说《决战》发表的时候,王久辛好像正在医院陪护病人,拿到刊物,在病床前一口气看完,又一气呵成写了一篇洋洋洒洒的评论——《人格的力量光芒万丈》，此后，我每出版一部作品，他都要谆谆教诲我一番。

在军艺，还有一个同学马正建我不能不提起，这个山东大汉是个老八路的后代，为人憨厚耿直，在我最缺乏自信的时候，他给了我很多安稳，帮助我树立信心。我们常常一起散步，我后来写《弹道无痕》和《潇洒行军》，他提供了很好的意见。直到多年之后，我仍然视他亲如兄弟，只要他来北京，我再忙也要约他喝一顿。

经过近两年的磨合，102室的四个人，渐渐成了一个小小的团队，就差拜把子了。王久辛一度叫嚣，军艺文学系第三届102室如何如何，这个叫嚣虽然有点夸张，但是也能体现集体荣誉感。我们102室的几名同学，当然不可能如何如何，只是，在后来的岁月里，我们始终没有沉默，在各自的位置上，多少都有点动静。其实，我们那一届进修班，出了很多优秀的作家和作品，102室只是一个小小的缩影——这话扯远了，书归正传。

快毕业的时候，大家手里有了一点稿费，嫌学校食堂伙食不好，王久辛居心叵测地提议，每个人从稿费里拿出百分之十，统一交给赵琪负责，天天下馆子。王久辛当着赵琪的面说，赵琪忠厚老实，把钱交给他大家放心。当着我的面，王久辛说，赵琪是南方人，会算账，会讨价还价，由他管钱，不会吃亏。我当时有所觉察，因为赵琪那时候主要写短篇，而且深耕细作，发表的数量有限；曹慧民正在琢磨毕业后调到《解放军报》工作，那时候主攻新闻；王久辛写诗，长诗《狂血》还没有定稿，短诗稿费微乎其微。算来算去，我发现，从我手里提成出来的银子最多，因为那一年我连续发表了四部中篇小说，稿费有五千多元，提取了五百多元充作吃喝费用，在九十年代初期，五百多元人民币差不多算巨款了。

他们吃我的喝我的，不仅不领情，还振振有词地都在叫唤自己出钱多了，都在喊不公平。更有甚者，还说我抠门，还希望我增加预算，不增加就是抠门。

这些人物，这些生活，这些感情，这些经历，后来都在不知不觉中进入了我们的作品。

二〇〇五年，我的长篇小说《高地》由赵琪改编为电视剧，这是我和赵琪合作最为密切的一次。我写小说的时候，打电话向他请教。他改剧本的时候，打电话同我切磋。到了开机拍摄，他来北京，我们两个一起去塞外探班，散步时聊起军艺生活，赵琪才披露真相，说是毕业前后天天下馆子吃饭，其实花的都是我一个人的钱，他们三个，谁也没有交纳提成。

我哈哈大笑，我说我早就知道，你们那时候就是把我当土豪打。我花钱我乐意，因为我稿费比你们多，吃喝的时候心理占优势。

赵琪一针见血地指出，你小子，还是典型的农民心态！

一晃二十年过去了，当年三十岁的年轻人，如今都已跨过半百，回忆军艺生活，历历在目，说来话长，滔滔不绝，篇幅有限，以后再说。打住。

枣树里的阳光

一

晴朗的日子里，一把阳光撒下来，落在密密匝匝的树叶上，哗的一下变绿了，亮晶晶的绿反溅上去，空气也被染成湖水的颜色。一瞬间，门前那棵大枣树像是被阳光之手推了一把，梦幻般地放大着，向我眼前缓缓移动。

枣树下站着一个人，双肩微微下陷，清癯的面容有些朦胧，依稀可见他的手里举着刚刚点燃的香烟。他眯缝着眼睛，久久地向上凝望着什么，然后把烟送到嘴边，目光依然保持在某一点上，直到烟头挨到嘴边，这才收回视线，深深地连着吸了几口，于是，在他的前方出现了一团由蓝渐白的阳光，袅袅飘进头顶上方的叶缝里。

这应该是他留给我的最初的印象，连同他的姿态和他一侧肩上那片被染绿的阳光。一个老作家，一个十六岁就参加八路军的老战士。那个时候，他是解放军艺术学院文学系的第二任主任，我是他门下的学生。他的名字叫王愿坚。

　　他站立和我眺望的那个地方，我把它命名为白楼，是解放军艺术学院文学系的教学楼兼宿舍楼。白楼前面，南边一棵枣树，北边一棵枣树。刚入学的时候，还是夏天，午饭后在热浪中滚滚返回，一头扎进枣树下面，顿时换了季节，似乎从枣树的叶子上弹出一阵清凉的风，扑面而来，伸手往脸上抹一把，掌心已经触到秋天。

　　记忆中，在门前树边看见他，只有那一次。在阶梯教室里，他给我们讲的第一课，是短篇小说创作。文学系前几届很多同学都记得他的那个经典的比喻：写小说好比削铅笔，要想笔芯长，就得把外面的木头削短。这句话看似平淡，其实寓意非常深刻，它的表层意思是说，要想突出主干，就必须砍掉枝杈，不能讲废话。它还有一个深层含义，就是去伪存真，作品的生命在于真诚，要写出灵魂深处的东西。

　　他一生中写过很多短篇小说，是当之无愧的短篇小说大师。研读他的作品，不说字字珠玑，确实惜墨如金，比如《粮食的故事》《七根火柴》《支队政委》等，几乎每篇作品都有一个清晰的脉络，感情真挚，催人泪下。我后来给我的学生讲短篇小说创作，也讲"长与短的辩证法"，为了提高教学效果，我还发明了一个"结构核"，从老主任的作品里解析出用于结构的核心人物或核心事件，使"结构"这个抽象而又见仁见智的概念，变得直观形象。有时候我想，我们的老师不一定天天给我们上课，也许，一堂课甚至一句话，就足以让我们悟出很多道理。

就在我们入学的第二年,老主任因病去世。

二十多年过去了,我回到了这个地方。每当我在校园散步,路过这两棵大枣树,我就会停下来,仰起脑袋,看看这两棵高龄枣树,看看那上面如云的枝叶,我总在琢磨,老主任当年站在树前,跟它都说了些什么呢?

二

这幢楼原本是白色的,一层是当年文学系学员的宿舍,仅在最南头,有一个阶梯教室。教室往北,依次是101室、102室……113室。

从二十世纪八十年代开始,很多人在这里做过白楼梦,梦中鲜花盛开,同窗外红绿相间的脆枣相互映照。

很多人在这里做过梦,很多人又带着梦想离开了这里,活跃在中国军内外文坛。而老树依然挺立在这里,年年岁岁,叶荣叶枯。老树确实很老了,树干如墨,皱纹密布,虬枝向天。只是,每到春夏,嫩叶绽放,千万颗太阳滚动在叶子上,玛瑙样的枣果闪烁其间,又是一片蓬勃生机。我曾经听一个同学赞叹,这么老的树,还能结出这么新鲜的果子,简直就是长生不老。

那时候,我们听课听累了,写作写累了,就会出门钻进树荫里,呼吸弥漫在大树四周的芬芳,舒展郁闷的肺叶。我经常以大树为圆心绕几圈,慢悠悠地,转着转着,倏忽间停住步子,傻傻的目光空洞地看着一片树叶,突然一拍脑门,大步流星返回宿舍,摊开稿纸,奋笔疾书去了。伴随着跳跃的指尖,那些厚重的深红色的枣子就像无数个精灵在眼前飞舞。不知道有多少灵感、多少顿悟,就是这样跳进了心里。

每天清晨,出操的学生队伍会从大树底下通过,稚嫩的、豪迈的口令声日复一日地倾注到大树的年轮之中。

或许,大树也和这些虔诚的学子一样,就从那些年轻的声音和灼热的目光里汲取了思想的营养,因而青春永驻?我们和大树互相滋养着,我们和大树的关系千丝万缕盘根错节彼此难舍难分。

曾记得,那几年的夏天,午饭后,午休前,同学们三三两两地散布在大枣树四周,热烈地高谈文学,常常吸引其他系的同学也来加入我们的枣树沙龙。舞蹈系的几个女生,是我们这个沙龙的常客。她们的宿舍离我们的白楼有一段距离,从饭堂到宿舍,文学系的白楼门前,她们是必然要经过的,可能因为我们门前大树下面有阴凉,也可能不是这个原因。有时候,她们中间的几个会逗留一会儿,同文学系的男生交流艺术。那些女同学是美女中的美女,个个气质高雅,漂亮灼目。有个同学开玩笑说,因为她们的出现,连大枣树也跃跃欲试了,常常在夜里跳芭蕾。

据说,文学系第一届学员莫言当年也常常在午饭后散步,并在枣树下面发表醍醐灌顶的演讲,特别擅长同舞蹈系的女生交流艺术。但是据我后来观察,莫言这个人少言寡语,一脸深沉,同女生交流艺术，并非他的强项。只不过人出名了，莫名其妙地就要戴上许多花环或者背上许多黑锅。

说起莫言，就不能不说说他住的那个宿舍。一九八四年莫言入学，被分配在阶梯教室旁边的101室。自从莫言先后获得各类文学奖之后，101室行情一路飙升。我曾经听好几位师兄师弟说过，谁谁当年住在101室，谁谁住在莫言当年住过的床上。二〇一二年秋天，与我同届获得茅奖的柳建伟回学校开会，晚餐中，借着三分酒意，柳师弟拎着酒壶发表讲话，呼吁保留101室，当年他就是住在101室并且就下榻在莫言生活和战斗过的床上。我也借着酒意煞有介事地附和，能不能在保留101室的同时，顺便把102室也保护一下？因为我当年是住在102室的。

这当然是玩笑话。我们并不认为莫言获奖是因为他住过的宿舍"风水好"，因为紧挨阶梯教室而得风气之先，但是话又说回来了，谁又能确定这中间就没有一点联系呢？

当年，我们这些行伍出身的文学中青年在文学系就读的时候，那是一种怎样的姿态啊，阶梯教室里似乎永远都有激烈的争论，夜深人静的时候，从101室到113室，多数灯火通明。半夜里从楼道里走过，常常听到里面有笔尖戳在稿子上的声音，哒哒哒犹如奔驰的马蹄。因为我们是业余的，是从部队基层来的，也因为我们老大不小了，所以求知欲旺盛，有紧迫感，学习激情和创作激情始终都在燃烧着我们。也许，那一代人苦思冥想挑灯夜战的身影已经映在阶梯教室101室、102室……113室的记忆深处了；也许，今天，当你走进那些房间，你依然能够感受到那种火热的气息；也许，在你不经意的时候，就有一些信息在你的血液里奔突冲撞，呼之欲出。

二〇一三年开学典礼后，彭丽媛院长带领我们参观教学楼改造工程。如今的白楼已被粉刷成红色，并成为二号教学楼。就在门前的大枣树下面，院长问我，有什么要求？我说，请院里把二号楼的阶梯教室给我。院长问分管的副院长，这个教室分配了吗？副院长说，文学系的教室够了，按计划这个教室已经分给其他系了。院长微笑地看着我说，你的教室够了，为什么还要？我说，我想多要一个，这个教室有……传统。院长沉思了片刻说，既然这样，那你就打报告吧。

三

翻开二十年前的听课笔记，张学恒、朱向前、黄献国、张志忠、刘毅然……每一个名字后面都有一串故事，那时候他们经常出现在教室里，出现在我们的宿舍里，我们的老师同我们就像哥们儿。有时候为了一部稿子，可以争得面红耳赤，争论之后还是争论，直到作品发表了，获了奖，依然还是鸡蛋里面挑骨头，不留情面。我们中许多人后来获得茅盾文学奖、鲁迅文学奖，都是在那个时候打下的基础。

时光荏苒，如今他们大都已退休或者临近退休，往事渐行渐远。二〇一二年秋天，学院孙政委找我谈话，宣布调我到文学系工作。离开孙政委办公室后，我带着复杂的心情，来到白楼前面，可是一个熟人也没有了，凄凉中，看见门外的两棵大枣树，这大约就是我二十年后回到军艺之后最早见到的故知。我在树下徘徊很久，虽然它们一言不发，但我感觉到，它们是欢迎我的。

有一天晚上加班后回家，刚走到树下，遇见一个老人，从背影看，头发花白，精神矍铄，远看似曾相识，追上去细看，果然是他，我就读时候的老师，史论教研室的主任吕永泽。我当时一阵内疚，我到文学系工作两个多月了，怎么把这个老先生忘了？

吕老师患有白内障，三步之外看人都是一个样，而那天居然很快就把我认出来了，连声说，好，好，听说你回到文学系了，好，接上茬了。

吕老师说的这个接上茬，我似懂非懂。

老先生是特招入伍的，来军艺的时候已经快五十岁了。至今我还记得吕老师给我们讲课的情景，他风趣地说，瞻前顾后，左顾右盼，给你们理清了中国文学发展的大致脉络。他在黑板上画了一个表格，从先秦散文到隋唐诗歌，宋词元曲明清小说，一路走来，如数家珍。他授课的神态很有意思，仰首看天，如入无人之境，朗读《山中与裴秀才迪书》，抑扬顿挫，宛若唱歌。

我对吕老师的敬重还不止于此。后来听我的搭档、文学系政委陈存松说，移交老干部是一件十分棘手的工作，但是到了吕老师那里，一切都变得简单了。吕老师说，国家有政策，滞留没道理，退休了该移交就移交，有什么为难的？还有一件事情，也是陈政委说的，说老干部办了移交，系里一般都要表示个意思，可是到了吕老师那里，意思也不让意思。有一次过节，系里让参谋送去三百元过节费，老先生坚辞不受，还把参谋训了一顿，振振有词地说，我已经不上课了，不上课还拿什么钱，无功不受禄你懂不懂！

事实上，我的吕老师，一个古稀之年的老学究，退休之后还在上课，至少，给我上了一堂生动的课：学为人师，行为世范。我想，没有人会认为我的吕老师在作秀吧！

同吕老师见面之后，我就谋划一件事情，要尽快把我当年的老师们走访一遍。可是没想到，很快又发生一件让我追悔莫及的事情。

一九八九年夏天，我到军艺文学系报到的时候，是政工干事林晓波帮我办的入学手续，那时候她四十来岁，就像保姆似的，负责办理我们日常生活和行政上的一切烦琐事务，事无巨细，非常耐心，同学们对她印象极好。我记得，我都毕业回部队了，她还一次一次地给我打电话，寄毕业证，寄稿费，转寄各种邮件，一丝不苟。二〇一二年年底，曾经打听过林大姐的去处，文学系的老职工徐萨平说，林干事后来调到音乐系了，现在已经退休了。我说抽空带我去看看她，徐萨平支支吾吾欲言又止，我因为初来乍到，工作千头万绪，也就没有多问。二〇一三年暑假后我再次向文学系的老人苏教授打听林干事，苏教授一句话让我难受半天，他说林晓波病了，绝症。我说我去看看，苏教授劝阻说，别去了，人在医院里，不像样子了。我踌躇了好几天，终于没去看望。突然又一天，系里开会，苏教授告诉我，林晓波走了。

那是我见过的最美的告别仪式。林大姐躺在花丛中,曾经悬挂遗像的地方换了一个电子屏幕,上面放映着林大姐的录影,音响播放着《沂蒙颂》深情的旋律,年轻的林大姐翩翩起舞,她的舞姿是那样优美,她的笑容是那样的灿烂。这时候我才知道,林大姐曾经是舞蹈演员,十一岁就进入军艺。她的青春年华,连同她的梦想,全都奉献给军艺了,那些受益者中,也有我。

面对林大姐的遗体,我弯下了腰,低下了我的头颅。等我直起腰来,已是泪流满面。

今天,写完这篇文章,已是夜深人静了,万籁俱寂。窗外是墨黑墨黑的天,只有那棵落光了叶子的大枣树在秋风中轻轻地摆动。这一刻,我真的相信它是有思想的,是有记忆的,是有情感的,它见证了几代军艺人平凡而庄重的事业,刻录了一代又一代新人的成长。

我久久地凝视着它,等待从它身上传递过来的第一缕曙光。届时,一支新的文学部队将从这里列队通过。

冶炼之路

苏联元帅苏沃洛夫有一句名言,在战争中,手是辅助的,脚才是胜败的关键。中世纪人同罗马的对决中,迦太基的部队师老兵疲,濒临绝望,统帅汉尼拔孤注一掷,率部翻越白雪皑皑的阿尔卑斯山,绝处逢生,意外地出现在罗马军队的面前,出奇制胜,于是就定格了一个千古不朽的战例。然而,比较七十年前中国工农红军的长征,汉尼拔的壮举又是小巫见大巫了,毛泽东主席曾戏谑地称之为一次有惊无险的旅行。

二〇〇六年六月,当我第三次走上长征路,而且是真正走在"爬雪山过草地"的这段路程时,我才知道,七十年前的中国工农红军双脚,踏过的是怎样的一条路。

同日月宝鉴擦肩而过

我是在四姑娘山上看见那位红军战士的,不知道为什么,我一直认为那是一名红军女战士。翻越小金县的猫鼻梁山，海拔仅仅四千五百多米，我们脚步就开始乱了，身体就开始飘了，呼吸就有点上气不接下气了。这时候的人，似乎有了几分脱俗，有了几分空灵。那一夜没有睡好觉，一方面忍受着高原缺氧的折磨，一方面想象着当年红军队伍的困顿——他们何止缺氧，他们乃是弹尽粮绝。史料记载，红军三过草地，其中两次正是冰天雪地的季节，我们在夏天盖着棉被腹中填充了足够的热量，尚且感到寒意，那些衣衫褴褛食不果腹的红军在风雪刀剑的蹂躏之下该是怎样的情景。我不寒而栗。我第一次意识到自己的羸弱和另一类人的顽强。

我们在高原的第一夜下榻在小金境内一座藏式宾馆里，一边是山，一边是河，流水潺潺，夜雨不期而至。昏昏沉沉不知何时，我看见了那位戴着眼镜的女红军。她是鄂豫皖地区的一位知识女性，是怀着拯救贫苦大众的愿望参加红军的，在一次渡河过程中，为了首长的安全，她松开了马尾巴，被激流卷走。而那位首长，正是她的丈夫。昏昏沉沉中，她飘然进入我的视野，凝视着我并发出轻微的叹息。后来我们就开始对话。

我说，你不该松开马尾巴。你应该同他生死与共。

她的微笑如同绽开的玉兰，她说，你不可能理解的，需要马尾巴的不仅仅是我一个人，而他不可能让每一个人都能抓住马尾巴。

我说，在放弃生命的时候你有没有过动摇？

她说，有的，我多么想活下去啊，可是彼时彼境，我别无选择。

我死了,留下他和他们,就能把我们的事业进行下去。

我说,你知道吗,后来革命成功了,他也当上了将军,娶妻生子,尽享天伦之乐。她说,我们革命,就是希望大家都能过上好日子。

我说,你有没有感到不公平?

她说,你不能用你们今天的心态去揣度我们。我们没有那么复杂,我们那时候就是一个想法,为了信仰,为了理想。

我说,我似乎明白了,我不下地狱谁下地狱,这大约就是你这样的知识女性的革命理念吧。

她笑笑,她说,我给你唱一首歌吧,皖西民歌。说着她当真唱了起来:八月桂花遍地开,鲜红的旗帜举呀举起来……她的歌声像阳春三月的暖风,轻轻抚过我的耳畔,伴我进入梦乡……

这个故事是我听来的,在我的家乡流传甚广。我的前辈,我的乡亲,我多少年来脑海里挥之不去的那个女红军的形象,在我重走长征路的第一个高原之夜,出现在我的梦里,安抚着我茫然的心境。

次日清晨,雨过天晴。我们向四姑娘山腹地开进。说不清楚拐了几道弯,倏然之间,眼前一亮,我们全被突如其来的奇迹惊呆了。只见群峰之中,高天之下,白云之畔,视力所及的远方,巍巍然出现两片巨大的平坦的类似镜面的物体,一左一右,平行而卧,流金溢彩,光芒四射。这景象直让我们疑惑置身天穹,徘徊在苍茫宇宙之间。同行的当地干部介绍说,这就是著名的日月宝鉴。关于日月宝鉴的来历,当地人有许多传说,主题无非是抑恶扬善,大意是两位女子为了抵御恶人强暴，联手与恶魔展开天空大战，终将恶魔制服，两位女子死后成为天庭的两座宝鉴……坦率地说，我对这一类牵强附会的传说向来不感兴趣，那天我仰望着两座所谓的宝鉴——其实就是两座雪山的斜面，却突发奇想。七十年前，红军也从这里走过，不过他们恐怕无暇也没有兴趣细细欣赏这两座山峰，他们同这两座山峰擦肩而过的时候，留下的是匆匆的步履。但是他们奇特的身影已经被这两座山峰摄入自己的躯体，成为自己的内在语言。我想，如果人类真的有灵魂，我宁肯相信那两座宝鉴是我梦中那位女红军的眼睛，她在深情地注视着我们这个时代，注视着芸芸众生，她所关注的也许是，她为之献身的理想实现了吗？

跟着黑锅前进

二〇〇五年我第一次重走长征路，走的是江西和贵州段。在江西于都县的长征纪念馆里，我发现了一口硕大的铁锅。这口铁锅让我震惊，也让我产生很多疑惑。我的问题很多，首先是，这口铁锅有多大，能够承载多少人吃饭？其次是，在断了炊烟的长征路上，这口铁锅是不是能够派上用场？第三个问题是，饿得只剩下皮包着骨头的红军，谁能背得动这口铁锅？第四，在七十年前，这口锅从哪里来，又到了哪里去？第五，背这口锅的人是什么人，也许是个身经百战的老班长，也许是个发育不良的小战士，也许是因为某种原因被批判的

"改造分子"。这些已经很难考证了。

这口黑锅在我的眼前晃动了一年,每当提起长征路,我便会想起这口黑锅。显然,黑锅背后隐藏着很深刻很丰富的故事。背锅人的命运成为我长久遐想的源泉。

我的想象常常穿越时空,在那片阒无人迹的辽阔的草原上翱翔。我甚至能够身临其境看到那一幕——一队瘦骨嶙峋的红军在草地上挣扎前行,一个红军战士用最后的力气睁开眼睛,劳累、饥饿和寒冷使他的视力下降到最后的极限,他看不见远处的红旗,但是他能朦朦胧胧地看见前方三步远的那口黑黝黝的大铁锅,尽管连续十几天,那铁锅始终都反扣在战友的背上,尽管那铁锅以及很长时间没有散发出粮食的香味,但是只要它还在向前移动,那么希望之火就不会熄灭。幻觉中,那移动的铁锅就像茫茫大海里漂泊的帆船,点燃了濒临绝境的红军战士最后的求生欲望。相当多的时候,他们是跟着黑锅走而不是跟着红旗走,或者说,他们中有相当的人是跟随铁锅找到红旗的。

从黑锅到红旗的距离有多远?也许近在咫尺,也许跨过了阴阳两界。

在红原县的瓦切乡,我们去探望一位老红军,此人是湖南人,姓罗,汉族人。据说他是跟着父母一起长征的,踏上长征路的时候,他才七岁。我们见到他的时候,他已经七十多岁了,让我们惊愕的是,他居然不会说汉语,他已经变成了地地道道的藏族人——父母牺牲后,他先是跟着队伍走了一截,后来就被留在了藏区,起了一个藏族名字叫扎西尔多,在那里长大、娶妻、生儿育女,直到八十年代被确认了身份,开始享受政府的补贴。我看着眼前这个腰椎佝偻的老人,他也用一双茫然的老眼打量着我们。我突然又想起了那口黑锅。七岁的孩子作为战士显然太小了一点,我敢说,他并不知道长征意味着什么,更不知道革命意味着什么,甚至在他七十多岁的今天,他对于上述概念的理解并不比七岁的时候多出多少。那么,在最困难的时候,是什么东西在支撑着他继续前行?也许就是那口黑锅。

据说长征之初,到江西和川陕根据地的时候成千上万的十三岁以上的孩子参加了红军,这些孩子同我们见过的那位老红军大同小异,我不知道他们有多少人走完了长征路,又有多少人穿越了此后的战争死亡地带。但我知道,只要他们能够挺住,只要他们能够活下来,他们的骨头就练出了硬度。在此后的漫长的岁月里,他们逐步懂得了那场旷世迁徙的意义,懂得了曾经走过那段道路的意义。他们最终找到了红旗,而引导他们走向红旗的,除了指挥员的动员和战友的催促,还有那口铁锅。尽管,或许它在长征路上并没有派上过本来的用场。

红军柳

毋庸置疑,这是一条美丽的路线。先看地名,夹金山、红原、马尔康草原、若尔盖草原,你会想到金属的光泽,格桑花的颜色,你会想到碧蓝的天空、洁白的云朵和清澈的阳光。这一切都没有错,七十年过去了,路变宽了,河变窄了,人变多了,牛羊变肥了,然而在这片土地上留下的那些脚印没有改变。我们看不见它们,但是它却无所不在,它们已经渗透到地表之下,只有在我们这些当代俗人远离的时候,它们才会同清风明月喁喁私语。

我们赶到花湖,是在一个云低天暗的下午,气氛有些沉闷。大家手捧哈达,献给长征进入草地的第一块纪念碑。纪念碑的旁边,有一棵沧桑老柳,在草地的边缘孑然独立,十分醒目。当地干部介绍说,这棵柳树叫红军柳,据说是长征路上第一个陷进沼泽牺牲的红军战士的拐杖。

在传说中,这个红军战士是壮烈的,因为有了他的牺牲,战友们认识到了沼泽这个恶魔的真面目,后来的战士就绕开了沼泽,再遇上,再牺牲,再绕开,最后,还是有人脱离了险境。尽管我对传说都不以为然,但是我相信这个传说。凭借常识,我知道这种事情一定会发生的,不一定发生在谁的身上,然而一定发生在红军的身上。

我们这次重走长征路,恰逢世界杯方兴未艾战犹酣。其实世界杯有什么好看的呢,无非就是人玩人,看点无非就是跑得多快,射门多准,守门多牢,战术多精,无非就是看看人的极限。可是跟长征相比,世界杯显然还是小儿科。长征是另一个意义的世界杯,它让我们看见了,人能够承受怎样的饥饿,人能够承受怎样的寒冷,人能够承受怎样的劳累,人能够承受怎样的绝望!

我想象中的柳树是年轻的，是春意盎然的。在阳光洒满草原的下午，在遍地格桑花和彩虹交相辉映的雨后，我看见了他的身影，并且听见了他们的对话。他在催促他们赶快离开。那是几位已经倒下了再也不愿意起来的伤员，他们说，死并不是最可怕的，可怕的是饥饿、寒冷、劳累，还有伤痛。他说，饥饿、寒冷、劳累，还有伤痛并不可怕，可怕的是绝望。他说，我凭什么要活着，我已经无能为力了。他说，你们没有资格死去，因为我已经把路探明了。我倒下了，我就是一条路！

他走了，他们走了，他们向这位陷入沼泽的战友敬了一个礼，拿走了漂在泥水上面的拐杖，把它插在沼泽的边缘。

十年后他们当中有人回来了，他们告诉那棵绽放新芽的柳枝：同志，我们打走了日本鬼子！

二十年后，他们中有人回来了。柳树下，站着一排将军，金星闪烁，天地一片辉煌。他们告诉那棵风华正茂的柳树：好战友啊，我们同蒋介石和美国人打仗，又胜利了。

七十年后，柳树下站着我们。站在柳树下，我突然想起九十年代初我采访秦基伟的时候，亲耳聆听了将军的一段话。这话是在将军回忆上甘岭战役的时候说的，在视察了上甘岭地区态势之后，这位在长征路上九死一生、以指挥临泽保卫战著称的老红军战士爽朗一笑，对那位看不见的对手范佛里特说：这地方好啊，飞机你下不来，坦克你上不来。人对人，个顶个，老子不怕你！

秦基伟为何如此强壮如牛？将军在另一次同对手谈判的时候说，我们两个一起到地狱里走一趟，我老秦能够活着回来，你未必！

壮哉斯言！冶炼金属的未必都是炉火，还有苦难。

当兵当到了天边边

进入戈壁,除了一方恬静的蓝天,满眼尽是无垠的辽阔,心中便涌出大漠孤烟长河落日的意境。倏然发现窗外飘起如羽雪花,这才确信,仅仅过了个把时辰,我们便从六月之夏进入高原隆冬了。再往前看,什么也看不见,天边一片苍茫。而那什么也看不见的地方,正是我要去的地方——克孜勒苏柯尔克孜军分区的吐尔尕特哨所。

我们乘坐的是一辆被边防官兵谑称为"巡洋舰"的三菱越野车。越过海关口岸之后,就进入了雪山,道路变得模糊起来,一会儿山脊,一会儿谷底。车子果然如同在海洋中颠簸,忽高忽低跳着走。司机的表情总是很严肃,一路上咬牙切齿,摔跤似的反复跟方向盘较劲儿。

终于到了一个山根下,"巡洋舰"大喘几口,总算不跳了。老远看见一道隐隐约约的山脊,几个人影就在这隐约中向我们放大。近了,才看清几张腾着热气的年轻的脸庞。见面之后,谁也没说什么,笑笑,然后便一见如故地架起我们的胳膊,兴高采烈地往山顶上拽。路上才知道,这几个兵早晨就接到电话通知,说北京来了一位客人,由分区政治部廖主任陪同到哨所看看。兵们很高兴,并且是真高兴。早饭过后便开始用40倍望远镜一遍又一遍地搜索山下。我曾经经历过许多欢迎的场面,甚至包括夹道欢迎,但我敢断言,这几个兵对我的欢迎绝对是我所享受到的最真诚的一次。

兵们委实很苦。在阒无人迹的高山雪原,几乎远离人间烟火,连自己国家的电都用不上,用的是吉尔吉斯斯坦的电。长年累月就这五个士兵相依为命。因为运输线长,他们吃不上新鲜蔬菜,收不到报纸信件,看不到电视听不到音乐。如果是大雪封山,一连好几个月只能靠一条常修常断的电话线同人间联系。在这里,一切都变得简洁了,纷繁世界里的一切扯皮都不存在了。边境线上的界碑们就是他们的坚强依托和后盾。在这里,除了因运输不便造成的物资匮乏,最难忍受的还要算是精神文化生活的巨大寂寞。兵们自然有他们的办法。他们会在大雪封山的日子里,每个人轮流讲述自己的故乡和童年的故事,每一次都能讲出一些新鲜的情节和意趣。即使只有五个人,他们也照样举办联欢晚会,并且把节目演得声情并茂。他们还会把一盘看了百遍的录像带快速后退倒着看。他们能将他们所能够读到的一篇好文章倒背如流。他们就是在抵御艰难的过程中坚硬了男人的骨骼。而那些界碑,则靠这些兵们的体温焐热了尊严。

我在观察这些兵的时候,心里忽然就涌上一层烫烫的感动。这里才是男人应该占据的舞台啊。这里是苦了一点,可是,艰苦不正是男人的教科书吗?堪称卓越的男人们,有几个不是从艰难困苦中脱颖而出的呢？一个男人，一生中能够到昆仑山脊走一遭，到帕米尔风雪高原的哨所里浸泡煅打一番，应该说是一件幸运的事情。严格地说，没有经历过艰苦磨炼的男人，是永远也不会成熟的。

我崇尚艰苦和能够承受磨难的精神，我把这种精神视为男人的必需素质。

尤其令我欣喜的是，就在这五个已经赢得我由衷尊敬的士兵当中，还有一个列兵是我的乡亲。他在班里是最年轻的，所以在交谈中就极少说话，只是不断地用稚嫩的目光闪闪烁烁地看着我。送我们下山的时候，列兵扶着我，突然有点神秘地问：你是安徽人吧？我说是啊，你是怎么知道的？列兵说，我早就听出来了，怕首长们说我新兵蛋子没大没小地拉老乡关系，才没敢问。这里安徽人少，每回上面有人到哨所来看望，我都留心有没有安徽人，可是每回都没有。今天总算看见了一个安徽人，我觉得心里可亲了。

列兵的话说得我怦然心动。想当年我们那一茬子当兵的时候，安徽兵重乡情是出了名的，如今我仍然很看重这份情谊。我问列兵是安徽哪里的，他回答是巢湖的。当时我很想为这个列兵老乡做点什么，或者送给他一点什么。可是我没能这样做。我只带了一篓青菜，那是送给吐尔尕特哨所全体士兵的，他们都是我亲爱的兄弟，我没有权力同时也根本用不着给我的乡亲一份多余的偏爱。我问列兵想不想家，列兵说当然想了，可是时间长了就好多啦。班里的几个老兵都跟哥哥似的，好着呢，这里也是一个家。我说这就对了。你还年轻，年轻人吃点苦算不了什么。吃过这一段苦，人生就丰富了。列兵点点头，亲亲地同时也是悄悄地叫了一声老乡，说，放心吧，我不会给咱们安徽人丢脸的。

合影的时候，我把列兵叫到了我的身边，我们什么也没再说，只是把两只安徽手默默地紧握在一起，照了很多相。然后，在上士班长的统一指挥下，我们一道唱起了那首流行于边防哨卡的歌——好高好高的大坂/好冷好冷的冰山/好远好远的边关/当兵当到了天边边/守着好长好长的国境线/好冷好冷的明月/好长好长的思恋/好沉好沉的枪杆/当兵当到了国境线/抬头望白云故乡在身边……

辑三 良师益友

战友旧事

冬天扑面而来。我们在冰天雪地里应急训练，刺杀、射击、投弹……火急火燎的，什么都还没有学会，哗的一下，军列拉着我们，参加边境作战。二十几个日夜，不知道是怎么过来的，四川籍的干部们经常说的一句话是：跟着走！我们这些新兵懵懵懂懂地跟着走，从冬天一头扎进春天，等部队归建回到驻地，已经是夏天了。

军里成立了业余文学创作组，集中在军部第二招待所，写报告文学。负责人是军直地炮团的副指导员董得春，但董副指导员并不和我们住在一起，长期驻扎招待所的，有我们师政治部文化干事翟力实，步兵团老班长李书怀和刘国清，副班长彭争明，一个新兵就是我。我们的任务是创作报告文学，写各单位的战斗英雄。

那正是文学的春天，驻地城市邮局专设了报刊专柜，各种文艺杂志琳琅满目，图书馆和阅览室常常座无虚席，伤痕文学余音缭绕，爱情文学推陈出新，姑娘小伙谈恋爱约会往往也拿着文学杂志作为接头暗号。

军部东边是河南师范大学，再往东是横穿东西牧村的卫河。常常是在晚饭后，我们几个未来的作家踌躇满志地徜徉在卫河岸边，沐浴着落日的余晖，眺望西天变幻莫测的晚霞，进入到一个神奇的境界。记忆中的卫河很宽，岸边杨柳依依，那些树啊草啊一定会记得那个年代，会记得那几个穿着军装的年轻人，当然，最有可能记得的还是老兵李书怀，因为他是我们那个业余创作组里唯一在正式刊物上发表作品的人，他在《解放军文艺》上发表过诗歌《通往胜利的路》，虽然那首诗只有十句，不到一百个字。在卫河岸边的杨柳下面，到处都有李书怀的许昌普通话，我们虚怀若谷地听他如数家珍地谈论莎士比亚和巴尔扎克，谈论艾青和李瑛，谈论我们武汉军区的作家白桦和虞文琴。

李书怀高谈阔论的时候，刘国清和彭争明都是忠实的听众，也只有这两个人能同李书怀对话，特别是彭争明，和李书怀一样读书很多，一样才华横溢，常常让我自惭形秽。因为读书少，又因为是新兵，所以我在那个群体里显得非常渺小，问题是，我又不甘渺小，经常自作聪明地写出诗歌散文小说之类，暗暗希望引起老兵们的注意甚至惊讶，但是李书怀对此嗤之以鼻，经常教训我，要多读书，不要奢望一夜成名一鸣惊人，这使我感到很自卑。只有翟力实，谦虚低调，经常鼓励我，说些尺有所短寸有所长、贵在坚持、只要功夫深铁棒磨成针之类的安慰话。在心里，我觉得翟力实很像一个老大哥，尽管他长着一张娃娃脸，也尽管他实际上比我大不了几岁，跟他在一起，有种依靠感。

相处久了就知道了，翟力实原来是我们那个师宣传队的舞蹈演员，很小就入伍了，部队出征之前才提干的。同他一起提干的还有一个女兵叫郭蓉蓉，郭蓉蓉很早就失去了父母，是哥哥把她带大的，很小的年纪就流落在我们师宣传队，当一个编外的小演员，其实就是有个落脚的地方，有碗饭吃，跳舞跳得非常卖力。后来感动了部队首长，接受她入伍，出征之前提干当了电影队长。在一次战斗中，电影队的卡车受到袭击，郭蓉蓉就牺牲在翟力实的眼前，这件事情给翟力实很大的刺激。我们在一起搞创作的时候，经常听他讲起郭蓉蓉，还给我们看许多郭蓉蓉墓地的照片，我们能够感受到他内心深处的痛苦和思念。就是那段时光，翟力实写了很多关于郭蓉蓉的文字。

按说，翟力实是干部，应该是我们那个创作组的负责人，但实际上，真正能够控制创作组的精神领袖是李书怀。我听彭争明说，翟力实的家世很复杂，他的外祖父是一位乡绅，国民政府的县长。翟力实的母亲是辉县的副县长，他们家里是"国共合作"。翟力实的性格有点软弱，温文尔雅，敦厚寡言，所以李书怀等人并不把他作为领导，而翟力实本人似乎也是两耳不闻窗外事，一心只写郭蓉蓉。

翟力实写郭蓉蓉，并不打算发表，因为郭蓉蓉只是二等功臣。上级赋予他的任务是写一个英雄集体，但是他把他的主要感情投放在郭蓉蓉的身上，所以他的报告文学好像写得并不好，有点三心二意。我的任务是写我们连队的"炮兵英雄王聚华"，同翟力实不同的是，我把这个任务看得很重，它几乎寄托了我当时的全部理想。

那个时候我太渴望出名了，我写呀写呀，常常夜不能眠，满脑子都是梦想，梦想我的名字变成铅字，我笔下的文字变成配有大幅插图的作品，刊载在花里胡哨的报刊上。我得承认，我的动机并不高尚，我希望通过发表作品，达到两个目的，一是把两个兜的战士服换成四个兜的干部服，并且挎上手枪，戴上手表，穿上皮鞋。二是当了干部之后迅速解决爱情问题。那段日子，住在军部招待所的还有宣传队和篮球队，那些女兵在我看来个个貌若天仙，骄傲得像孔雀，我希望我的作品能够早早地激起她们的惊叹：啊呀，瞧瞧，就是那个大个子小伙子，是我们军里的大才子。这种美梦不知道做过多少版本，但是，现实生活中，她们几乎没有拿正眼看过我一眼。有一次，我惊讶地发现那个圆乎乎的女篮队员同李书怀说说笑笑，这使我的心情一下子复杂起来了，更加焦虑起来了。我别无选择，只能把满腹心思收起来，继续不屈不挠地修改我的《炮兵英雄王聚华》。

记得是快到秋天的时候，有一天，军政治部文化处通知，我们的作品出版了，让我们去领书。我怀着激动的心情，第一个赶到文化处办公室，自告奋勇帮王干事打开邮包，捧出一本散发着油墨香味的新书《南疆战歌》，用颤抖的手打开目录，从头往下看。

可是，看着看着，我的心就沉下去了。天哪，我们军部创作组七个人，其他人的作品都在书里，唯独我一个人的作品没上，我怎么向我的连队和首长交代啊？那是一种什么样的心情啊？自杀的念头都有。

最危险的是，在我最需要安慰的时候，没有安慰，翟力实那天恰好回辉县家里了。

那个晚上,我不记得是怎么离开军部的,神情恍惚,独自一人走到卫河边,徘徊良久,直到半夜。文化处领导听说我夜不归宿,吓坏了,带领创作组的几名同志,赶紧四处找,重点部位是井边、河边和树下,最后终于在河边的一片小树林找到我,软硬兼施把我拉回了招待所。

第二天,李书怀等人带着新书,兴高采烈地回部队交差去了,我仍然待在军部招待所里,望着窗外灰蒙蒙的天空。那天是个阴天,黑云压城,细雨霏霏。回部队的火车是夜里的,我的心情像枯枝一样萧瑟,迟迟不想启程。创作组解散了,招待所已经撤了我们吃饭的席位,再说,我也没脸再到招待所的餐厅吃饭了,那些宣传队和篮球队的女兵们,我再也不想见了,我担心她们会问我,你的作品是哪一篇?尽管我知道她们从来不认识我,也不可能关心我的作品。

中午没有吃饭,到了晚上九点多钟,我还是饥肠辘辘,我没有勇气出去吃饭,也不打算吃饭。就在夜幕即将降临,我的心里一片凄凉的时候,翟力实出人意料地回来了,还带来了烧鸡和蔬菜罐头,居然还有一瓶香槟酒,他显然已经知道我的遭遇了。他乐呵呵地对我说,先吃饭,大丈夫能屈能伸,不就是一次失败吗,失败是成功之母,先吃饭,吃饱饭回部队,咱们从头再来。我的眼泪一下子涌了出来,我已经记不清那天我和翟力实都说了些什么,反正是吃饱喝足了,翟力实把我送到火车站,我回部队了。

这一分手就是三年。我在这三年里发愤图强,当班长,上军区炮兵教导大队,坚持业余创作,提干的同时,也发表了一些作品,真的被我们那个师当作"人才"使用了。再见到翟力实的时候,我已调到师政治部当干事,而翟力实可能因为工作不太顺利,到下面一个步兵团政治处当干事。那一次我是随首长下部队检查工作,单独在一起的时候,他跟我谈起他对社会的一些看法,也谈到他的一些困惑和苦闷,我想,大约还是郭蓉蓉的事情,引起他太多的思考。

八十年代中期,我因为第二次参加边境战争,后又调到军部工作,再往后考入解放军艺术学院,并最终调到北京工作,一路辗转,同翟力实的联系稀疏起来,只是听说他转业了,分配在河南省新乡市委宣传部工作。这期间我写了一些作品,获了不少奖,在老部队和驻地有了一些名气。当年的老班长李书怀已是一个成功的企业家,有一次到北京办事,跟我联系上了,我请他吃饭,聊起我们曾经的战士创作组,特别是讲到他恃才傲物、数次打击我创作积极性的事,李书怀毫无愧疚,振振有词地说,你今天成了作家,这或许就有当年被我修理的一部分功劳。我们哈哈大笑,我认同他这个说法。我们一起怀念过去,感物慨事,太行山下,卫河岸边,东干道上,招待所里,青年岁月历历在目。

也就是那一次,从李书怀的嘴里,我得到翟力实的很多信息,知道他转业后仍然保持书生意气,当官不大,事业一般,不过倒也风平浪静。我问李书怀,当年翟力实是不是同郭蓉蓉恋爱过,所以郭蓉蓉牺牲后,翟力实精神状态一直不佳。李书怀说,据我所知,他们还没到那一步,翟力实是干部子弟,很小就当兵了,比较单纯,也有点脆弱,别说是郭蓉蓉,就是别人,牺牲在他眼前,他也会受到刺激,会念念不忘的。我当时无语,我认为李书怀的分析有道理,事实上,很多年来,我也是这么想的。

二〇〇九年秋天,我参加"中国作家看河南"活动,又回到河南新乡,市委宣传部的同志告诉我,非常不巧,翟力实到澳大利亚探亲去了。聊起翟力实,对方交口称赞,说翟力实为人如何厚道,做事如何扎实,人品如何纯正,这一切都在我想象之中。新乡变化很大,参观的车子穿过东干道、穿过牧野村、穿过卫河桥,看着两岸如烟的杨柳,我的眼前不断浮现三十年前,那些个落日黄昏,那些个波光粼粼的河面,那些依然鲜活的往事……

前年夏天某日,我的办公室突然来了一位客人,矮胖,谢顶,定睛一看,竟是失散多年的翟力实。尽管翟力实不胜酒力,但那天我们还是左一杯右一杯,醉眼蒙眬,直到说话舌头发硬方才罢休。我避开郭蓉蓉这个话题,向他打听他的家世,因为此前我已经知道,翟力实的外祖父是著名抗战英雄鲁雨亭,抗战时期是国民政府河南永城县的县长,其实也是新四军彭雪枫领导的中共党员,毁家纾难,拉起一支队伍,最后壮烈牺牲在抗日战场上。我在解放军出版社当编辑的时候注意过这段历史,朱德、彭德怀、陈毅等人对鲁雨亭都很关注,鲁雨亭牺牲后,中共中央和八路军总部都发了唁电,在厚厚的《中国革命战争历史资料丛书》里面,有这方面大量的记述。

  我建议翟力实把这段历史写出来,把资料性文字按纪实文学的文体,写出一本文学作品,翟力实几经犹豫,接受了这个建议,花了三年多的时间,最终写成,并由我信得过的前同事、解放军出版社军事编辑部姜念光主任亲自担任责任编辑,数易其稿,相信应该是一本上乘之作,在此我就不多说了。

温暖的压力

一九八八年秋天,我军刚刚恢复军衔制度。《解放军报》文化部和济南军区文化部组织了一个"蓬莱笔会",主题是表现授衔。那是我第一次见到大海,也是第一次参加笔会。军报派去的编辑叫曾凡华,中校。他给我们解释说,他是技术军官,技术军官同指挥军官是有区别的,就在于领花不同。也就是在那个学习班上,我了解到很多关于军衔和军队编制的知识。

当时,我们是很看重这次笔会的,军区几大部门、几个集团军和省军区派去的创作骨干,都把自己看作本单位的代表队,暗暗较劲。我所在的集团军划归济南军区不久,我本人又是一个基层干部,所以就比较老实,老老实实地写了一个小说——《军官和他们的妻》,大致构思是,一个技术单位,连长是上尉,连队的工程师是技术少校,授衔后第一次出操,两个军官的家属怀着复杂的心理,躲在各自宿舍窗户后面看,到底谁先敬礼,结果是这两个军官迎面相遇,同时举起了右臂。小说写好之后,我有点忐忑,不知道能不能被选上,如果选不上,这次笔会无功而返,那就很没面子了。

稿子交上去后,由曾凡华编辑进行评点,一一提出修改意见。讲到我的稿子时,只见他把稿子从上面移到下面,头也不抬地说了一句话,这篇稿子,就不说了。他这样一说,我就有点灰心,感觉没戏了。没想到后来报纸出来,这篇稿子上了头条,和这篇稿子并肩发表的,是军区总医院梁丰的小说《太阳照常升起》,写的是授衔后护士不发军装了,一群姑娘起先新奇,认为可以花枝招展了,买了很多时尚服装,可是到了第二天,上班之前试装的时候,哪一件都不合适,姑娘们不谋而合地穿着摘了领花的军装,到了单位,相视而笑,继而泪流满面。这个小说情真意切,表达军人情感情结,细腻深刻。写到这里,我突发灵感,要把这篇作品找出来,给军艺文学系的学生当教材。

这以后,我和军报的交往就多了起来,当年我发表中篇小说《潇洒行军》,军报记者陈先义率先写了一篇近万字的评论文章,发表在《长征》副刊上。我另一个中篇小说《弹道无痕》发表后,《长征》副刊也是不惜版面进行宣传介绍,使之成为当代军旅文学的重点作品。从《历史的天空》《八月桂花遍地开》《高地》《明天战争》《特务连》和《四面八方》《马上天下》,几乎我的每一部作品的信息,都会通过军报《长征》副刊传到部队。我能成为一名"正面强攻军事文学"作家,同《解放军报》的鼓励和支持是分不开的。

在几十年的军旅生涯里,我也成了军报的忠实读者和作者,先后在《长征》副刊上发表《虎啸中原》《军人的目光》《老兵之歌》等大块文章。近些年,军报文化部找我约稿,大多是"突击性任务",乔林生、刘业勇、曹慧民、栗振宇等人都给我布置过紧急任务,印象最深的有几次,一次好像是在本世纪初,突然接到李鑫的电话。李鑫每次向我约稿,总是软硬兼施,软的是先表扬,说我是当代最有创作实力的军队作家之一;硬的是,这样的作家应该有担当,应该在重要时刻发出响亮的声音。这一次,他要我写一篇关于军事文学同军事高科技关系的文章,而且要得很急。我是一个形象思维强于逻辑思维的人,感觉这是一个很难做的题目,在电话里流露了畏难情绪,他耐心地说,你想想啊,你是解放军出版社的科技编辑部主任,又是军事文学作家,这个问题你不出面说,谁来说合适?听他这么一说,我就没有退路了,真感觉责无旁贷舍我其谁,熬了两三天,翻箱倒柜引经据典,终于写了一篇《读点兵书》,阐释未来高技术战争对于军事文学创作提出的新的课题和我们的理论准备,听说这篇文章受到了好评。还有一次,突然接到赵阳的电话,要我写一篇班长的故事,规定三百字左右,真人真事。接到这个电话,我的第一个反应就是推辞,赵阳倒是好脾气,不紧不慢,循循善诱,那意思也是,你这么个从基层摸爬滚打出来的作家,不能忘本啊,班长的故事你不写谁写啊!没有办法,我脑子一热,应承下来,挖空心思想啊想,终于激活了记忆,想起了一桩往事,写了一篇《目标正前方》。写好之后,逐字逐句地推敲,发稿的时候,感觉叙述精准,表达简洁,小中见大。

在同《长征》副刊的编辑记者交往的过程中,有一个感觉,就是他们有很高的职业素养,约稿很讲艺术,既不居高临下,又不大而化之,而是目标明确,不屈不挠。我在军艺工作这几年,逐渐提高了理论意识,写了一些说理性较强的文章,都是在压力下完成的,比如《胜负五十四年》《让理想信念落地生根》《遍地英雄下夕烟》等等,也包括这篇小稿,感觉都还说得过去。今天我要说,在我成长进步的路上,很大一部分动力,来自军报朋友的助推。

我和《安徽日报》

我和《安徽日报》建立联系，应该是在一九九六年前后，那时候我在解放军出版社当编辑，也是业余作者。一九九七年八一前夕，突然接到《安徽日报》副刊部主任车敦安的电话，说建军七十周年之际，《安徽日报》副刊要搞一个"我与国防"征文，约我写一篇稿子。当时我刚从新疆回来不久，边境上吐尔尕特哨所给我留下很深的印象，我当即答应，并连夜写了一篇《当兵当到天边边》。我记得文章是周六晚上写的，周日上午发传真给车敦安，周一见报。那时候我还不会使用互联网，通信不便，现在想想，效率是相当高的。一个月后，车敦安给我打电话，说这篇散文在征文大奖赛中获得一等奖，还给我发了一千元钱奖金。

这以后，我和《安徽日报》的联系就频繁起来了，主要是在副刊上发表作品。我很看重在《安徽日报》上发表作品，因为我的亲朋好友可以从《安徽日报》上了解我的情况。

二〇〇五年四月，我的作品《历史的天空》获得第六届茅盾文学奖，坦白地说，当时我有点茫然，一是因为我并不知道茅盾文学奖是个什么概念，此前我一直认为鲁迅文学奖才是最大的奖，因为鲁迅的名气比茅盾大；二是因为没有看到报纸上公布的评奖结果，我那时候只相信官方报纸。所以四月十一日中午以前，我婉言谢绝了所有的采访，怕闹笑话。

后来情况发生变化，四月十一日中午十二点左右，《安徽日报》旗下的商报记者杨菁菁把电话打进来了，她语气肯定地告诉我几个事实：第一、茅盾文学奖是长篇小说奖，属于中国当代文学最高奖项；第二、第六届茅盾文学奖评奖结果已经公布，我的作品《历史的天空》名列其中；第三，我是第一个获得茅盾文学奖的安徽籍作家。

不夸张地说，我是通过杨菁菁才确认自己获奖了，也是第一次接受了采访。家乡的媒体关注了我，这比俄罗斯和美国的媒体关注我更重要。

二〇〇五年秋天我回安徽探亲，《安徽日报》总编辑汪家驷特意安排我和甘臻、丁光清、杨菁菁等人见面，和这些同志打交道，给我的感觉，《安徽日报》有一支反应快速的队伍，职业敏感性很强，而且完成任务有突击精神。此后，又陆续认识了马丽春、闫红、赵焰等人，君子之交，以文会友，受到很多教益。丁光清采写的《"历史的天空"与江淮文化》和甘臻采写的《江淮大地上升起了历史的天空》发表后，影响很大，许多人看了这些文章才知道，难怪《历史的天空》看起来这么眼熟，原来是安徽人写的。

安徽是一个文化大省，历史上文人荟萃，在中国的文化大格局里占有重要地位。我参军之前，对于安徽文化界，一直心存敬畏，特别是小时候从《安徽文学》上读过一个电影剧本《白色的蔷薇花》，后来又在《安徽日报》副刊上读过祝兴义的《抱玉岩》，至今难忘，受益颇多。离开家乡之后，我仍然以自己是安徽人为荣，认为安徽人天生就比别人有文化，安徽人洗菜都比别人洗得干净——当然，这是偏见，是狭隘的地域观念在作怪。但是，我们也不能不说，一方水土养一方人，安徽人肯定有安徽人的缺点，也一定会有安徽人的优势。近些年，虽然谋生在外，但我一直关注安徽的文化、特别是文学艺术的发展状况。在我的印象中，《安徽日报》也是一个培育和弘扬安徽文化的重要基地，是培养安徽籍文学和新闻人才的园地。如今，《安徽日报》已经走过六十年光荣历程，我祝愿这棵大树根深叶茂，青春永驻，桃李满天。

一言为定

一

部队从前线撤下来之后，临时驻扎在广西扶绥县，我们九连住在山圩农场。有一天，通信员通知我开会，到了连部才知道，原来是接受作家采访。采访我的作家戴着眼镜，军装上绿下蓝，空军的。我以为他要了解我在"长形高地进攻战斗"荣立三等功的事迹，于是兴致勃勃娓娓道来，哪知道每当我提起"长形高地进攻战斗"就会被他打断，他反反复复只问我在G城战斗中送饭的事情，这让我有点失落，但我还是硬着头皮把那次送饭的情况详细地描述了一遍。

没过多长时间，记得还是在山圩农场期间，有一天指导员赵蜀川把我叫了过去，乐呵呵地递给我一本名叫《解放军文艺》的书（那时候我们把装订成册的纸张都称为"书"），我惊疑地打开，指导员指点说，这里。我找到"这里"——《铁鞋踏破千重山》，特写，作者刘田增。刘作家的文章详细地记叙了龙怀富、汪柏昆和我火线送饭的事迹,最后几句话我终生难忘——火炮怒吼,映红了夜幕,就在这震耳欲聋的炮声中,我们亲爱的新战士,来自淮北的小徐兄弟,进入香甜的梦乡,脸上洋溢着稚气的笑容。《列宁在1897年》里的那个英勇的瓦西里,在押送粮食回到苏维埃之后,睡梦不也是这么香甜吗?

尽管我不是来自淮北,而是来自皖西,但是这篇作品还是令我感到荣耀。并且,就是这篇作品,激活了我的文学梦。要知道,在参军之前,我也是个文学青年,还模仿《伤痕》写过一篇小说,当然,这是过去的事了。

进入休整状态,我成了连队的一名业余报道员——因为我们炮团九连被广州军区授予"炮兵英雄连"的荣誉称号,我们的二班副王聚华是二级战斗英雄,所以指导员要求我们,凡是具有初中以上文化程度的,都拿起笔来写报道,写回忆文章。那一阵子,我热血沸腾,主要是以我们连队、特别是以王聚华的事迹为书写对象,马不停蹄地写呀写,先后在广州军区《战士报》和《广西日报》发表《山岳丛林炮兵游击战》《难忘的夜间战斗》等文章,写着写着就小有名气了,先后抽调到团里、师里、军里创作组,参加各类写作学习班。尤其值得一提的是,我在扶绥东门师部,还见到了《解放军文艺》杂志的编辑雷抒雁,印象中他戴着很厚的眼镜,手里夹着烟,眉飞色舞地给我们讲怎样写诗。具体内容如今已经记不清了,只记得小黑板下面的红土地上扔了很多烟头,雷抒雁消瘦的脸庞在诗情中和夕阳下,闪闪发光。部队从广西回到中原之后,我就从《解放军文艺》上读到了他的诗作《甘蔗和孩子》，以后就特别关注他，又读过他的著名诗篇《小草在歌唱》。

二

二十世纪八十年代之初，我在基层一直坚持业余创作，但是收效甚微。

幸好有了第二次参战经历。一九八四年夏天，我作为一名政工干部，随本部侦察大队赴边境轮战，在另外一片丛林里摸爬滚打一年多，深入地体验了战争，也深入地体会了文学。那个期间我写了很多小说，当时投稿，基本上泥牛入海，意外的惊喜是在战后，从前线回来后，这些作品陆续发表。

一九八七年夏天，解放军文艺出版社原社长凌行正率领该社部分编辑到我所在的集团军召开"中原笔会"，带去很多编辑和作家。我那时候在军政治部组织处当干事，负责勤务保障。集团军首长非常重视那次活动，机关和部队夹道欢迎，又在大礼堂搞了一个隆重的见面会，作家和编辑登台亮相，凌行正、金敬迈、袁厚春、佘开国、刘立云、王瑛……我站在礼堂后门口，一方面观察着四周的警戒情况，同时远远地注视着那些亲切的身影，我真想跑到后台告诉他们，我是一个文学骨干，我写过小说，让我跟你们一起走吧。但是，我不能，我觉得，我和他们之间隔着很远很远的距离。在《解放军文艺》发表作品，一度是我崇高的理想。后来我作为基层业余作者，参加了一次座谈会,对《解放军文艺》处理稿件不及时、答复作者缺乏耐心提了意见,当时在场的有王瑛和刘立云,两个人都很重视,追问我具体是哪一部作品。中原笔会结束后,不到半个月,我就收到了《解放军文艺》的来信,详细地说明了我的稿子被耽误的原因,同时还有退稿,稿子上密密麻麻都是批注,原来,这篇稿子因为层层送审,一直处在用和不用的权衡之中,所以被耽搁了。

一九九一年秋天,我从军艺文学系毕业之后,在解放军出版社帮助工作,业余写了一部中篇小说《弹道无痕》,写好后一直拿不定主意往哪里投稿。济南军区有个作者叫梁丰,当时在《解放军文艺》杂志帮助工作,我们几个外地来的"老帮"经常聚到一起玩,梁丰听我说了《弹道无痕》的构思,觉得挺好,看了稿子更觉得好,就拿回去给陶泰忠,陶主编当天看完,非常高兴,说意外地发现一个作家,潜力很大。他把我叫到办公室,告诉我几个需要修改的地方,又问我还有没有别的作品,我就把几个稿子送给他,陶主编选了一部短篇《一段名言》,做了当期的头条,接下来的一期,又是《弹道无痕》做了头条,就这样,我和《解放军文艺》正式接上头了。

一九九七年夏天,《解放军文艺》编辑王瑛约我写一个古战争题材中篇小说,我欣然接受,那时候我已经把自己定位为战争文学作家了,我认为凡是与战争有关的文学活动,我都有责任首先表态。但是真正进入构思状态,我才发现这不是我的强项,我对于古代战争的生活体验接近于零,创作激情接近负数。但是开弓没有回头箭,我费了很大力气，几乎把十几卷《中国古代战争史》浏览一遍，终于找到了感觉，写了一个"上战不战，上谋不谋"的中篇小说《决战》，王瑛看后拍案叫绝，说这个作品可以获大奖。作品付印之后，王瑛率领我和汪守德、张为、庞天舒一干人等，到东北搞了个采风。路上王瑛津津乐道《决战》，讲到了我的战争谋略，广州军区作家张为表示怀疑，我们在火车上表演心理战，猜"有"和"无"，他出我猜，猜对十之七八，我出他猜，多数南辕北辙，张为于是得出结论，徐贵祥"善诈"。后来果然被王瑛言中，《决战》获得第七届中国人民解放军文艺奖，从此拉开了我不断获奖的序幕。当然，这同王瑛和《解放军文艺》的大力宣传、鼎力推荐是分不开的，没有他们的努力，我八竿子也够不着那个奖。

再往后，我同《解放军文艺》的联系就更加密切了，我记得二十世纪末，王瑛约我写一个创作谈，并配发了一张我第一次授衔时的照片，摄于山东长岛，一个上尉坐在山顶一块石头上，头上是蓝天白云，背后是宁静的海面，踌躇满志，意气风发。我与大海，一起宽阔起来。二〇〇五年，我出版第一部小说集《弹道无痕》，根据小说改编的电影《弹道无痕》由八一电影制片厂出品，在军内外获得不少奖项，在当时，很多部队老兵复员、新兵入伍都要把这个片子拿出来放一放。我写了一篇创作谈《地铺上的梦想》在《解放军文艺》发表，不知道是表扬还是批评，王瑛说，这是一篇很像小说的散文，也是一篇很像散文的小说。

岁月荏苒，这个社会发生了很大的变化，但是《解放军文艺》发展军事文学、扶持军队作家的宗旨没变。编辑人员也一茬一茬地更换，我最初认识的人基本上都离开了，只有王瑛像种子一样牢牢地扎根在这块园地上，从编辑到副主编，再到主编，而我，也从解放军出版社调到空政文艺创作室，再调到解放军艺术学院文学系当主任。

我调回军艺工作之后，很快发现一个现象，文学创作教学，理论家讲课往往隔靴搔痒，作家往往会写不会讲，那么，恰好是文学编辑，阅稿无数，既有鉴赏水准，也有表达能力。在计划聘请校外指导老师的时候，我首先想到了王瑛。当然，聘请王瑛，还有另一个意图，那时候我有个想法，要把学生的作业打造成作品，要在军内外刊物上陆续发表。这个意图被王瑛一眼看穿，起初犹犹豫豫，怕我给她上套，但禁不住我软硬兼施，最后只好参与进来。

二〇一三级招生结束之后，为了强化学生的创作意识，我决定从他们穿上军装开始，即布置创作作业，直至达到发表水平。要知道，我的学生都是刚刚毕业的前高中生，部队生活不熟，艺术风格尚未成形，连基本的写作训练都没有经历过，要其作品达到发表水平，确实有些揠苗助长之嫌。我明明知道这一点，仍然一意孤行，确实醉翁之意不在酒，我是希望在"揠苗"的过程中把我聘请的校外指导老师和我的学生紧紧地捆绑在一起，长治久安。

王瑛看了稿子之后对我说，差距太大。

我说，没有差距，要你我干什么？

王瑛说，你这个人真不讲理。

我说，当年你约我写《决战》的时候，我的基础还不如这些学生。你这样的编辑，我这样的老师，强强联合，哪怕是个猴子，我们都能教会他写小说。

王瑛笑笑，带着她的助手吴述波和唐莹，一遍一遍地看稿子，一遍一遍地跟学生谈，一遍一遍地改稿。文学系的会议室成了他们的第二办公室。经过反复打磨，那些稚嫩的稿件终于像模像样了，确定在《解放军文艺》二〇一三年十二期刊发文学系新生专辑，学生们在这个过程中受到了极大的、有益的锻炼。

我记得，在最后一次讨论即将结束的时候，王瑛如释重负地把手中的稿子往面前的桌子上一放，似笑非笑地说，我这一辈子，算是和军艺文学系绑在一起了，我的前半生用来培养徐贵祥，后半生用来培养徐贵祥的学生！

我喜出望外，连忙接上去说，好，一言为定！

写本好书送给你

一九九九年一个晴朗的秋日，我骑着一辆破旧的自行车，驮着我的第一部长篇小说退稿，在白石桥至平安里之间的大街小巷里沮丧穿行。这已经是第二次遭到退稿了。我的创作史也可以说就是一部退稿史，从童年到中年，从短篇小说到中篇小说，退稿似乎就是我写作的影子，我走多快它跟多快。按说，像我这样一个老油条，对退稿应该有充分的思想准备，但是这一次却不行，我觉得打击特别大，原因至少有三个，一是我认为这是我最有想法的作品，我一九九一年从解放军艺术学院毕业之后，到解放军出版社当编辑，几乎天天跟战史、军史乃至兵法、战术打交道，还帮助若干战将编辑整理过回忆录，自认为在战争文化这个炉膛里已经炼得真经，对于战争、战争人物、战争情感的深入理解，比起别的作家有得天独厚的优势，这部作品几乎是我能够达到的最高境界，然而却被迎头泼了一瓢凉水，岂不灰心？第二，这部作品也是我的第一部长篇，从构思到初稿完成，酷暑寒冬，几度春秋，夜不能寐，食不甘味，充满了希望，充满了期待，期望值越高，失望度就越大。最后一点，也是最重要的一点，这部作品凝聚了我对小说的诸多理解，从酝酿、设计、写作，再到反复修改，可以说使尽了浑身解数，较之同时期创作的另一部作品《仰角》，下的功夫应在后者三倍以上，可结果却是连出版水平都达不到，我不能不对自己的文学功底产生怀疑，同时也对小说判断标准产生了困惑。

抱着这堆退稿，我回到家，一气之下把它扔到书柜的角落里，很长时间都不愿意碰它，我已经没有勇气、当然更没有信心再把它投出去。那段时间我很不自信，这是没有办法的事情，自信是建立在成功的基础之上的。我也不打算修改了，我把我的精力转移在《仰角》上，我想，也许是那种历史战争的东西我还陌生，驾驭不了，而《仰角》属于当代军事题材，我的生活积累和感受相对要丰富一些，写起来也要轻松自如一些。至于《历史的天空》，暂且束之高阁，以后再说吧。

转机出现在秋末的一个上午。

那天，我作为解放军出版社的编辑，到总参游泳馆招待所去看望来京出差的成都军区作家裘山山，本意是向她约稿，碰巧遇到了《当代》杂志的副主编洪清波，三言两语玩笑声中就算认识了。我当时没有提稿子的事情，我确实拿不准这部屡遭退稿的作品能不能拿到人民文学出版社这样的文学大厂去制作。但是似乎又有些不甘心，过了两天，我先把稿子送到裘山山那里，裘山山看了之后，很有把握地对我说，我看很好，我把它推荐给洪清波，以后你就直接跟他联系。

希望之光终于冉冉升起。

我在焦灼的等待中大约又过了半个月，一直没有消息。这中间，我给裘山山打电话大诉其苦，裘山山安慰我说，洪清波这个人看稿子很挑剔，处理稿子很慎重，他没有回话，也许不是坏事。

后来我还是忍不住拨通了洪清波的电话，我诚惶诚恐不知道该怎么寒暄，洪清波却是开门见山，第一句话是，稿子我看了。说完这句话，他不说了，等待我的反应。我迫不及待地问，怎么样？洪清波好像笑了一下，慢吞吞地说，不怎么样。

你能想象出来我当时的心情吗？这一次就不仅仅是失望了，这一次是绝望，当时如果稿子在我手里，我可能会放把火把它烧了。我故作镇定强打精神，苦笑说，那就算了。

洪清波说，不过，我有些拿不准，又把它交给图书编辑脚印看了。你再等几天，看看他们是什么态度。

我说好。我心想，既然洪清波这样的资深编辑没有看好，那就说明稿子真的欠水准，别人会不会高看一眼，可能性很小。

大约过了一个星期，脚印给我打来电话说，稿子我看了，高贤均副总编也看了，认为很好。高副总编要亲自跟你谈谈。

那天我骑着自行车，脚下生风，颠簸在朝内大街，深秋的寒风透过敞开的夹克在我胸前鼓荡，我的心却热乎乎的。在高贤均的办公室，我和脚印、洪清波三个人当听众，高贤均激情澎湃，神采飞扬，一会儿站起来，一会儿坐下去，双手挥舞着讲了一个多小时。洪清波最担心的作品中诸如国共关系、正面人物的负面性格、我军内部斗争等等敏感问题，到了高贤均那里，几乎都提出了巧妙的处理办法。高贤均说，目前是稍微敏感了一点，要在似与不是之间做足功夫，只要把握尺度，恰到好处，这部作品就是一部创新的军事文学力作。梁大牙这个人物为当代军事文学增加了一个全新的形象。高贤均对这部作品的前景做了两条预测：参加茅盾文学奖有很强的竞争力，获得五个一工程奖问题不大。高贤均说完，洪清波和脚印又就具体细节的修改提了一些建设性的意见，我当时觉得都不是太难解决的问题。

我是哼着小调离开人民文学出版社的。北京的天是明朗朗的天，绝处逢生好喜欢。回到单位，我并没有马上动手修改，我在琢磨高贤均的话，我渐渐明白了我这部稿子为什么会接二连三地遭到退稿。我也在重新掂量这部作品的价值。洪清波最初说出了"不怎么样"，但是他又没有退稿，而是让脚印再看，这说明他拿不准。一部作品，能让一个阅稿无数的老编辑左右为难，这本身就说明这不是一般的稿子。而且在这期间又有好消息，解放军文艺出版社确定出版《仰角》，他们提了几条修改意见，责任编辑刘静在电话里说，你可以改，也可以不改。我斩钉截铁地回答，不改。这时候我的心思都在《历史的天空》上，哪里管什么《仰角》啊！

初稿本来是手写的，改改抄抄太费事，吃了不少苦头。后来，我用了一个晚上，向我的同事、当时的解放军出版社办公室主任薛舜尧学会了电脑开机、关机和简单的输入、编辑，以后就一发不可收拾。我办公室里的那个286老电脑几乎夜以继日地运转。很快，我就把修改稿送到了人民文学出版社，这次不用高贤均看了，脚印和洪清波看。就是这次，我获得了洪清波的高度信任，以后，他屡次评价我是最会领会编辑意图、最会落实修改意见的人，一句话说到底，我的修改，让他的担忧烟消云散。

一九九九年岁末，在贵州黄果树召开的全军长篇小说创作笔会上，我同时校对《仰角》和《历史的天空》两部清样，那种感觉真是很幸福，我总算可以出版长篇了，而且出手就是两部。

然而，没有想到的是，《历史的天空》出版不久，高贤均就患肺癌住院了。初次见面时的高贤均红光满面，是那样的朝气蓬勃，那样的思维敏捷，谁想到他会得这种病呢？那段时间，我经常去看他，他一天天消瘦，却仍然谈笑风生。因为化疗和放疗的折磨，连吃饭吞咽都困难了，他还关心《历史的天空》在读者中的反响。我们都忌讳提他的病，他自己却不，他掰着指头算他生命的倒计时，盘算着还要做哪些事情，如数家珍。我试探着提出请他到街上吃顿饭，他欣然同意。那是一个中午，我记得参加那次聚会的有高夫人蒋京宁和洪清波、脚印、何启治等人，在席间，他频频举起饮料瓶跟我们碰杯，笑声朗朗，听不出一丝忧伤。

据脚印说，在评选第三届人民文学奖的时候，高贤均抱病登台，就《历史的天空》，讲了九十分钟，足可见他对这部作品的厚爱。作为一个业余作者，我感谢高贤均慧眼识珠；作为一个曾经的编辑，我钦佩高贤均的敬业精神。

二〇〇二年，我在胶东半岛基层部队代职，八月的一天，突然接到脚印电话，她哽咽着通知我，高贤均去世了。我听了半天不语。当天晚上，我在渤海湾一块礁石上坐了很长时间，眺望漆黑的夜空和磷火点点的苍茫大海，我的泪水无声无息地流淌。他临终之前，我不在他的身边，因此在我的心目中，他一直都是情绪饱满思维敏捷的样子，他在被确诊罹患恶疾之后，即使明知大限将至，也从无悲凉，仍然豁达。我记得我在出京之前最后一次到北京肿瘤医院看他，他从外面散步回来，头上戴着红色的毛线帽，上身穿着黑红相间的羽绒服，下身一条牛仔裤，步履轻捷，好像还伴着什么节奏，一跳一跳的。那时候，他的病已是晚期的晚期了。如果说这个世界上真有能够坦然面对死亡的人，我见过的，目前只有高贤均。

高贤均对《历史的天空》前景的预测，无一没有实现，这部作品先后获得第十届中国人民解放军文艺奖、第八届"五个一工程"奖、第六届茅盾文学奖等多种奖项。

二〇〇五年七月，我从茅盾故居乌镇领奖回来，约同脚印和洪清波驱车到京郊凤凰岭看望安葬在这里的我的良师益友高贤均，在弯腰鞠躬的一刹那，我的泪水又止不住地往下流。贤均老师，你的预测证实了，你在生命最后阶段的努力没有白费，可是你却不能同我们一起分享这成功的喜悦了。

下山的路上，脚印说，别哭了，往后，写出好作品，再交给人民文学出版社出版，这就是对高贤均最好的回报。

我抬头看天,说了一声,好。

二〇〇九年年初,我把《马上天下》书稿送到了脚印和洪清波的手上。

欢迎师兄莫言

【编者按】二〇一三年五月十六日上午,解放军艺术学院文学系"以亲情和隐蔽的方式"组织了"欢迎莫言大师兄"座谈会,莫言的师弟、文学系主任徐贵祥发表了热情洋溢的讲话,莫言认为这个讲话"貌似欢迎词,其实是一篇很好的小说"。

此稿根据录音整理,已经本人审定。

今天是个好日子,我们终于迎来了我们尊敬的师兄莫言,大家看看,出现在我们眼前的莫言,不是虚构的。

莫言的身份,众所周知,但我还是要按惯例介绍一下:莫言,解放军艺术学院文学系第一届学员,解放军军事文学研究中心顾问,中国作家协会副主席,北京师范大学国际写作中心主任。尽管莫言还有很多公开的和非公开的职务和头衔,但是我想特别提到莫言的一个独属于他自己的头衔:高密东北乡乡长。

下面,我把参加见面会的人员介绍给师兄。文学系教职员工,除了出差的，全都到齐了。09级本科生、10级本科生、11级本科生、12级本科生，全部硕士研究生，全军中青年作家、评论家高级研修班除了请假的，全都参加了。特别要说明的是，我比较喜欢的那个学员裴志海，对莫言的多数作品都能倒背如流，他特别珍惜这次当面请教的机会，但是因为临时生了一点小病，又错过了这次机会，我就代表他向莫言表达敬仰之情，把我家乡的茶叶送给莫言，请师兄品尝。顺便说一下，大家可能已经注意到了，在座的每个人面前都放着一瓶矿泉水，只有莫言面前有一个名牌和一杯绿茶，这就是我们能够给师兄提供的唯一的特殊的物质待遇。还要顺便说一下，这杯碧绿澄澈满屋飘香的好茶，茶叶是我家乡的特产六安瓜片，茶水是莫言的另一位师弟、我们文学系副主任廖建斌亲自沏的，因为他懂茶道。一个小时前我特意检查了，茶杯已经消毒，没有遗留茶渍，师兄您放心享用。

我们还有一位年轻的女学员孙彤，因为不知道今天的活动，已经于十天前请假回家结婚去了，我本来要发加急电报让她推迟婚期，赶回来参加今天的活动，但是被我们文学系的政委陈存松同志劝阻了，因为这位女生是莫言的山东老乡，见面机会还有很多。尊重她个人的意愿，我把她的喜糖带来了，师兄您收好。

我们的研修班，缺席的还有两位学员，蔡敬平和李茂增。顺便向师兄汇报一下，自从您获得诺贝尔文学奖之后，我们经常把其他院校的教授招来当学生。全军组织院校语文教学大奖赛，这两个学员是评委，恰好我们系里的谷海慧教授入围。因为比赛还没有结束，所以这三个人都没有回来，这也许是我的错。但是，就在半个小时前，他们发来电报，莫言母系的老师谷海慧的教学课被评上了一等奖，他们怀揣着捷报正在向机场挺进，也许，师兄你跟大家多聊一会儿，他们就能把奖状和奖金赠送给师兄了，请笑纳。

总而言之，解放军艺术学院文学系男女老少，能来的都来了。总而言之，解放军艺术学院的男女老少，即便是不能来的，也都从祖国的大江南北四面八方通过各种途径表达了他们对这次活动的重视，力所能及地为这次活动增添喜庆色彩，他们传递的，全是正能量。

好，介绍完了，现在我正式向师兄和全体师生以及广大的闻风而动的不速之客同志们汇报这次座谈会的筹备情况。

全军中青年作家、评论家研修班开班以来，我们一直惦记一件事情，请莫言回到军艺文学系跟大家见面。我们委托文学系的元老苏达仁老师同莫言联系，让我们感到特别温暖的是，莫言欣然答应，一个字：好！

此后，我们设计了接待莫言的种种方案，我们想寻找一种恰当的方式来迎接一位功勋卓著的作家，来表达我们对我们的师兄莫言同志的敬意。

我们设计的第一个方案是，在学校操场上组织一次盛大的阅兵仪式，鸣响四十一炮，让我们的学员精神抖擞地列队通过，请莫言招手致意，一次又一次地喊：同志们好，同志们辛苦了！我们文学系全体师生立正回答：师兄越来越幽默！

我之所以设计这个方案，是因为我曾经读过莫言师兄的一篇散文，写他到部队的情景，那里面就有关于阅兵的故事，不过，那一次他好像没有过瘾，因为那次参加阅兵式的兵力只有一个排。这次我们可以多组织几个人请他检阅，你想阅几次就阅几次，你想喊几声就喊几声。

你们的掌声使我感到惭愧，因为这个方案没有被批准，莫言回复说：不搞形式主义。

此后，我们就开始设计第二个方案。我们打算在魏公村东北乡找一块红高粱地，再买一头大肥猪，现场办公，包饺子，莫言吃两碗，我们每个人吃一碗。

我之所以设计这个方案，是因为我在莫言的作品里看见过成千上万个关于"吃"的故事，我渐渐地理解了"吃"是多么的重要，没有"吃"就没有我们。显而易见，"吃"这个动词，在莫言作品里的位置是举足轻重的，它和另一个生命主题意象双峰并峙，成为莫言作品高视阔步前进的左脚和右脚。尤其是饺子，莫言对它情有独钟，此时此刻，我们似乎还能听见莫言笔下吞咽饺子的咕咕噜噜噼里啪啦的声音。它是童年莫言的梦想，也是童年人类的梦想。师兄，现在我可以这么说了，我可以无条件地帮你实现吃饺子的梦想！

你们的掌声使我再次感到惭愧，因为这个方案同样没有被批准。莫言回复，改变作风，不要铺张浪费。因为莫言从斯德哥尔摩载誉归来之后，他已经不再稀罕饺子了。

莫言的态度使我感到很为难，左思右想，我再也想不出更好的接待方式了。我终于生死疲劳了。

可是，就在我这么瞻前顾后苦思冥想的时候，莫言师兄，他就像一个普普通通的中国人那样，不要我们去接，带着他自己的车，低调、神不知鬼不觉地来到了我们中间。没有鲜花，没有军乐，没有红地毯，只有北京魏公村母系社会的子民N世同堂。

需要说明的是，尽管我们的保密工作慎之又慎，但还是有很多媒体嗅到了风声，他们通过各种途径各种方式，企图打入我军内部，均遭到了我们的婉言谢绝，为此，我们还加强了大门口的警卫力量。但是，师兄您看见了，我们当中还是潜伏了几个记者，我没有办法、也不忍心把他们全部撵走，我向您学习，睁一只眼闭一只眼，假装全都不认识他们。

我们之所以对媒体婉言谢绝，不是出于政治、经济、军事和文化等等方面的考虑，唯一的原因，仅仅是因为坐不下，仅仅因为我们这个解放军军事文学研究中心最多只能容纳二百人，而且如果真的来了二百人的话，有一半人还必须站着。现在已经有不少人站着了，我看见他们像芭蕾舞演员那样正踮着脚尖弓起脚背向莫言行注目礼。

我想，我们已经找到了最好的方式，那就是作家的方式，文学的方式，简洁的方式。我们最初拟定的主题有很多，诸如"庆祝师兄莫言获得诺贝尔文学奖""对话莫言""和莫言一起讲故事"等等，就在昨天晚上，我才找到感觉，决定把"欢迎莫言大师兄"作为这次座谈会的主题，座谈会其实就是个见面会。没有领导，没有大腕，没有媒体。这是我们文学系自己的事，这个会我们想怎么开就怎么开。我们以这种校友聚会的方式，以亲切的、轻松的和隐蔽的方式来接待我们亲爱的大师兄，听他讲故事，听他谈文学和非文学。现在，让我们用耳朵阅读，以真诚的掌声欢迎莫言讲话！

同裘山山在一起的日子

记得是在本世纪初，有一次在一个无聊的会议上浏览一本《小说选刊》，被一篇作品吸引，从头到尾看了下去，居然流出了几滴鳄鱼的眼泪。看完了才回过头来找作者，原来是裘山山。那篇作品的名字叫《我讲最后一个故事》，讲的是西藏边防一对恋人分手的故事，那个曾经被我们疑为动摇、视为软弱、斥为无情的女子，最后不动声色地给我们讲了分手的原因，出人意料，催人泪下，无情处恰好见了真情。读完后，我的心情久久不能平静，我过去一直津津乐道大刀阔斧地展示军人的生活，沾沾自喜于军人的崇高追求，自以为是地所谓金戈铁马刀光剑影，何曾进入到他们的内心世界，去体验那种纠缠不清、割舍不下、挥之不去的情感诉求？我觉得在书写军人感情方面，裘山山高出我很多。

裘山山写了很多以青藏高原军旅生活为题材的作品，比较著名的有《我在天堂等你》，我的感觉，这是一部感情的蓄水池，深深浅浅都是一个"情"字，那一代人的非凡经历和深层的感情磨合，跌宕起伏，峰回路转，读之令人扼腕。我曾经在一些场合向年轻的朋友推荐过这本书。有人问我在当代作家里比较欣赏谁，我也毫不含糊地回答，裘山山是重要之一。

裘山山后来成了我的好朋友，她也是我为数不多的女性作家朋友重要之一，因为这个人不像一般的女作家，不矫揉造作，也不故作高深，而是开明爽朗，还有点豪情侠骨。二〇〇八年秋天我们一起到丹东开会，我从一堆乱糟糟的照片中挑了几张，让我儿子分析爸爸跟谁关系最好，儿子毫不犹豫地选中了一张由飞行员诗人宁明抓拍的我和裘山山的合影照，我问儿子根据什么判断我们是好朋友。儿子说，两个人相处，只要有一个人假模假式，那整个画面的格调就是别扭的，而这张照片上你们两个人的表情都很自然，没有装模作样，说明你们在一起很放松。还有，这个阿姨面善，给人感觉安全。

啊，我的儿子说得很准。

成为好朋友之后似乎就揭开了神秘的面纱，可以在一起胡扯，可以经常开展批评与自我批评或者吹捧与自我吹捧。有一次在北京开会，她坐在我前面好几排，我发现她的头发颜色不对，发短信问她，听说你染了红头发？她马上回复说，是哪个色盲告诉你的？

我有好几次被她骂过没有文化。我记得有一次我们发短信调侃，她说她在周庄。我问周庄在哪里，有什么好玩的。她回信说，没文化！我自作聪明地自己回答说，知道了，是一个著名的乡镇企业。她回信说，还是没有文化！我再次弥补错误，赶紧说，哦，想起来了，是鲁迅的故乡。她回信说，更没文化！

那次不久，她到北京来，我到宾馆去看她，见她的茶杯里的茶叶半沉半浮，茶水碧绿清澈，我惊叹还有这么美观的茶杯和茶水。她很得意地告诉我，生活中她有很多随意，也有很多不随意，其中喝茶是从不马虎的，好茶要用好水，还得用好的器皿，看着养眼，喝着养心。她的茶叶是上好的龙井，印象中除了自备的纯净水，好像连烧水壶都是自备的。

我当时惭愧地想，难怪她能写出那么讲究的文字，这个人多么会生活啊！

就是那一次，她把我的《历史的天空》介绍给人民文学出版社的洪清波，再经由脚印和高贤均等人的力挺，这部先后两次遭到退稿的作品，终于时来运转，得以露脸。现在想起，裘山山对我还有知遇之恩呢。

二〇〇一年十月份，中国军事作家代表团访问俄罗斯。有几件事情我印象比较深。一次是到达莫斯科的第一个早晨，我们住在俄罗斯国防部的招待所里，因为时差，早餐离我们上一顿晚餐隔了将近二十个小时，再加上半夜颠簸，大家早已饥肠辘辘，可是到了餐厅，大失所望，餐厅里只有一个红脸小兵在切面包，那孩子看起来不过十六七岁，边忙乎还边吸鼻子，流露出他对那点食物的欲望。

早餐实在太简单了，每人一个鸡蛋，一截香肠，几块面包，一杯牛奶，完了。当时我在代表团里男同志当中算是年轻的，也是最壮实的。庞天舒带去的一个以猫食罐头为主体的背囊,主要由我和朱苏进搬运,而朱年长于我,又是我尊敬的作家,我怎么能让他受累呢?每当我故意拖拉,等背囊几经周折又到了朱苏进肩上的时候,我则重新把它抢过来,尽管我很不情愿——可想而知我是多么需要热量!那点早餐对我来说,其作用跟杯水车薪差不多。朱秀海和乔良等人都喊不够吃,连周大新这样言语不多的人都嘀咕伙食太差了。我侥幸地想,女同志饭量小,没准她们吃不完。可是我想错了。我风卷残云吃掉自己那份早餐之后,眼巴巴地看着裘山山、项小米、庞天舒,这几个人类灵魂的女工程师,谁也不看我,只顾埋头吃她们的。那情景如今回想起来,酷似公共汽车上对站立老人视而不见的不良青年。我忍不住了,只好公开索要,我说,你们谁有吃不完的东西,不要浪费了,我可以帮忙。我说完了,项小米和裘山山都不吭气,好像还埋头窃笑。最后是庞天舒动了恻隐之心,给了我一截香肠。为了这截香肠,在后来的七八天里,庞的那个沉重的背囊始终驮在我的肩上。

当然,这件事情我不能怪裘山山,也不能怪项小米。说实在话,那一次我们去的不是时候,正好赶上俄罗斯经济不景气,食物匮乏,大家吃不饱肚子是经常的事。经济基础决定意识形态,没有多余的食物,发扬风格就是强人所难了。

当然,在自顾有余的情况下,裘山山等人还是很够朋友的。我这个人做事粗枝大叶,第一次出国,只顾兴奋,居然忘了带相机。头两天还不以为然,觉得照不照相无所谓,可是后来到了夏宫,那雪地里的彩色宫殿和庭院里挂在树上的冰凌雪花,给了我们强烈的视觉冲击,大家纷纷顶雪留影,唯我孑然一身,无计之计,我只好捣乱,谁照相我就抢谁的镜头,并且理直气壮地宣布,作为一个没有带相机的人,我有理由要求大家实行革命的人道主义,对我进行帮助,每个人都有义务为我照相。后来的结果是,在整个俄罗斯期间,我留下的照片最多,裘山山居然成了我的专业摄影师。要知道,那时候他们用的相机还不是数码的,用的是胶卷,而胶卷是需要花钱的。所以说,裘山山不是一个小气人。

在俄罗斯期间,还发生过一件事情,至今我也说不上是好事还是坏事。好像是在卡路嘉的一个乡村教堂旁边的商店里,我和裘山山不谋而合地看中了一件工艺品,是玻璃底座的烛台。我这个人占有欲强,一旦看好,悉数抢购,一口气买了四个。裘山山一个也没买到,气得跺脚骂我吃独食。

晚饭后我兴冲冲地拿出烛台来欣赏,这一看不打紧,倒吸了一口冷气。原来是光线作怪,傍晚看好的底座上的红宝石,变成了洼坑,洼坑上涂了一层红色的荧光粉,在黄昏朦胧的光线里,被我当成宝石了。别说宝石了,就是镶嵌一块石头也行啊,这个洼坑算是怎么回事?大呼上当之余,我差点儿就把这几个烛台扔了。可是真扔又舍不得,三千二百卢布买的,折合人民币千把元啊!不扔吧,这几个大家伙有十几斤重,我就算漂洋过海把它背回家,我老婆也会把它扔掉。怎么办呢?眉头一皱,计上心来,我想,裘山山白天不是跟我抢吗,何不做个顺水人情送给她？都送也不合适，那会引起她的怀疑，那就送两个。主意打定，我去敲裘山山的门，我一脸真诚地说，裘老师，白天我不该跟你抢，出门在外，咱们应该互相照应你说是不是？有福同享，有难同当你说是不是？

裘山山警惕地问我，你要干什么？

我说，我买四个烛台干什么？我就是为你买的。白天人多，我不好意思说，现在，我把它送回来了，见面一半，给你两个。

裘山山盯着我看了很久，突然笑了说，咦，太阳从西边出来了。你徐贵祥什么时候变得绅士了？

我说，你不要把我看得那么低，我这个人还是懂得人情世故的。你这一路给我照相，我总得为你做点什么吧。

裘山山这才释然说，好，既然你感恩，我就笑纳。

我压住窃喜，回到房间才哼起小调。送掉两个，再扔掉两个，心痛也就减轻了一半。一夜好梦。

第二天早上，我们收拾好行囊，正在旅馆大厅里等待启程，突然楼上跑下一个胖乎乎的老太太，边嘟囔边比画。翻译刘宪平听明白了，问，207房间是谁，谁把东西落下了？

我一看脑袋就大了，原来老太太手里摇晃着我扔掉的两个烛台。此刻裘山山也在看着那个老太太，事不宜迟，我一个箭步冲上去接过烛台，又是鞠躬又是作揖，一连声向老太太道谢，谢谢大妈，您老人家简直就是雷锋，简直就是俄罗斯当代雷锋。我一边说，还一边咬牙切齿地把捆好的行李打开,假装小心翼翼地把烛台包好,满头大汗地装了进去。

这一场虚惊很快就过去了,裘山山似乎并没有介意。

第二天到了一个小城,我吸取教训,离开旅馆之前,我把那两个烛台塞在卫生间里的浴巾里,裹得严严实实。早餐完毕,照例是打好行李等待结账。心想,这回总算天衣无缝了,这会工夫,服务员哪有时间检查浴巾啊?

正在暗自得意,悲剧又发生了——又一个老太太从楼上奔了下来,手里举着我扔掉的那两个烛台,边嘟囔边比画……我的脑袋一下就大了,情不自禁地扭头去看裘山山,裘山山表情十分复杂地瞪着我问,徐贵祥你是不是故意扔的?我吓出一身冷汗,连忙说,天地良心,我花了那么多钱,费了那么大的劲才买到手的,我为什么要扔,我又不是神经病!

裘山山说,那为什么两次你落下的都是烛台?

我说,纯属巧合啊,再说,也不光是烛台啊,你看这俄罗斯老雷锋的手里还有我的拖鞋啊,你是知道的,我昨天一天都在忙乎买这双拖鞋啊,我为什么买了又扔,难道我想赤脚洗澡?

这双拖鞋再次救了我。裘山山虽然仍旧狐疑,但是幸好有这双拖鞋垫底。她知道我不会故意扔拖鞋,那么也勉强可以理解为烛台和拖鞋都是遗忘的。

在圣彼得堡,我总算聪明起来了,把那两只烛台裹上塑料袋、装在拐包里背到街上，趁人不注意，扔进垃圾筒里。

另外那两只烛台，被裘山山背回了成都。从这件事情上，也可以看出她的厚道，同朋友打交道没有那么多心眼儿。我今天不说这个事，也许她永远都不知道。而她如果知道了，我也希望她不要再扔了，我可以出两倍的价钱回收，没准以后还是文物呢。

裘山山是专业创作员，还兼着《西南军事文学》的主编。有一件小事，可以体现这个人的敬业精神。二〇〇五年在中国作家重走长征路的途中，我突然接到裘山山的电话，告诉我说她刚刚看完登在《当代》上的我的长篇新作《明天战争》，感觉不错，推荐给几位部队干部。那一次，她倒是没有批评我没有文化，但还是骂了我一顿。她说，徐贵祥你这个人特没有良心，每次你的作品出来，《西南军事文学》都以较大篇幅拍手叫好，可是自从你获了大奖之后，从来没有给《西南军事文学》一篇原创的稿子，明明是我们约稿，写好之后你就拿到大刊物上去了，你这个人就是个暴发户，过河便拆桥。我赶紧检讨，并信誓旦旦地保证，我一定要用心写个短篇或者中篇小说，一定先拿到贵刊，你们扔掉的，我再拿给《当代》《十月》之类。她恨恨地说，鬼才相信你的鬼话！不过话又说回来了，你能写出好的作品，在哪里发我们都高兴，《西南军事文学》永远支持你。

这句话，还真把人说得心里热乎乎的。

说到底，裘山山是一个很有胸怀、很有见识并且很有善心的作家。

二〇〇八年七月，我在地震重灾区青川县捐款二十万元人民币，用于支援灾区恢复和发展教育,每年奖励青川县文、理科高考状元各一万元,资助应届贫困大学生四名各五千元。没想到这件事情也把裘山山给扯进来了。成都科技大学一位名叫胡桂芳的大学生,在青川县教育局的捐助公示榜上看到了我捐款的信息,七找八找,把我的电话号码找到了,给我发短信申请资助。当时我有点为难,因为胡桂芳是在校大学生,不在我的资助范围内。但是既然找上门来,想必也是出于无奈。后来我就给裘山山打电话,请她帮助考察胡桂芳的情况,如果这个学生确实是大学生,确实很困难的话,可以代我给她两千元学费,以解燃眉之急。很快,裘山山会见了这个学生,聊了半天,不仅同情,还有好感。裘山山回话说,这个学生家里受灾严重,房屋全被埋在山下,一贫如洗,而且她是个优等生。裘山山已经给了她两千元,并表示不要我偿还。我当然婉言谢绝,我做人情朋友出钱的事情不能干。

事实上,我听别人说,裘山山很早就开始资助贫困学生的活动了,出钱出力的事情没有少做,资助了不少穷孩子上学。只不过裘山山做好事一直都是默默无闻,真抓实干,不像我等,做点好事唯恐别人不知道,到处说。说句心里话,我做事强调做到明处,我做了好事就是希望别人知道,甚至希望别人向我学习。我的优点本来不多,如果我做的好事还瞒着,那我的形象就更是不堪入目了。不仅如此,我做了好事,还希望别人回报,我认为帮助和回报是一个良性循环的链条,它会让我们这个社会更多一些义务感和责任感,也必然会多一些真情——话说远了,暂且打住。

那件事情的结果是,胡桂芳后来跟我联系少了,却又变成了裘山山的亲密小朋友。目前我知道的胡桂芳的情况,多数都是从裘山山那里得到的,在胡桂芳明确表示无须继续资助之后,裘山山还不断地会见她,给她一些衣服、生活用具之类的东西,还向她采访灾区的情况,感觉她们已经建立了很好的关系。去年冬天中国作协开全委会,裘山山和我坐一起,给我看了她的新作《亲历五月》电子版,里面有胡桂芳的很多情况,我看了很高兴。

有时候我想,我们每个人都有两面,有好的一面也有不好的一面,可是当我们同比较好的人在一起,共同做着比较好的事情的时候,我们就会把自己灵魂深处那些好的元素放大再放大,把那些不好的元素缩小再缩小,这样,或许可以使我们至少看起来像个好人。我还认为,一个作家,当他拿起笔来,至少在他想写点文字的时候,他的境界一定会在那一瞬间变得纯洁起来,他的心灵甚至会在一个特定的时期高尚起来,所以说,在作家队伍中产生好人的概率要高于其他行业。

我看裘山山基本上是个好人,至少很像。

我也是。

两个女人千年一叹

一

初识沈培艺,是在十八年前,当时我在解放军艺术学院文学系进修,期末考试阶段,去看舞蹈系的热闹,倏然之间,眼睛就被一个漂亮的女子擦亮了,或者说被她打动了。后来听说,该女生并非军艺学员,而是总政歌舞团舞蹈演员,是被军艺舞蹈系的男生请来陪练的。我当时的感觉是,那几个和我同届的舞蹈系男生没有一个人值得这个女生陪练,她的身材、形象,甚至于随意站立的姿势,都几乎到了无懈可击的地步,甚至连她汗涔涔的脸上始终挂着的矜持的微笑,也有一种神秘的美感。她打动我们的绝不仅仅是她的漂亮——恕我不恭,事实上就外部形象而言,她还算不上绝色佳人——但是她身体的每一个部分,和她的每一个细小的动作,以及每一个含蓄的微笑,都是那样的和谐,她的漂亮是气质型的而非生物型的。她微笑着站在那里,听那些相形见绌的教员和学员们提出这样的要求,那样的设计,始终都在谦虚着做聆听状,然后一次又一次上场,不遗余力地配合别人的动作。我等虽然不懂舞蹈,但是我们能够感受到,从她的举手投足之间洋溢出来的神韵。一旦陪练开始,进入舞蹈状态,她的肢体似乎就不再属于她本人了,而很像是一位书法大师手中的笔锋,在空中一路翻转跳跃,敏捷流畅,忽疾忽徐,忽而凌空画过一道弧线,忽而落地生根亭亭玉立。其实能够看得出来,她那天的表现完全是附属性的,是为了给别人做陪衬,而她居然把陪衬做得那样认真,那样用心,那样奋不顾身。

这个人给我留下了十分美好的印象,连同她的舞姿和她的微笑。以至于后来排练结束,她拎着一双舞鞋大汗淋漓地从我们眼前走过的时候,我不禁多看了她一眼,然后冲着她的侧影又看了一眼。她看起来是那样的单薄,然而在那修长的身躯里却蕴含着极大的爆发力,还有敬业、友善和自信。我当时就有一种预感,这个人早晚要成大器。

二

从军艺毕业之后,我离开原部队,辗转调到北京工作。十多年不见,沈培艺一步一个脚印,已经是军内外一位重量级的舞蹈家了。我担任解放军出版社总编室主任期间,一位编辑策划了一套军中明星丛书,请我出面向沈培艺约稿,我虽然不太主张出版所谓的军中明星丛书,但是基于我对于沈培艺的特殊关注,我还是给她打了电话,谈了十年前一面之交她给我留下的印象，同时也说明了我们这位编辑的想法。果然不出所料，沈培艺很低调，表示暂时不想树碑立传，她想实实在在地当一个舞者。此事于是不了了之。

二〇〇二年十月初，我在山东某部代职结束，所在部队首长为我饯行，大家喝酒聊天，顺便看电视，突然荧屏上出现了沈培艺。那是一场青年舞蹈演员的选拔赛，她是评委之一。在我的坚持下，我们停止了喝酒，聚精会神地观看这场比赛。我最看好的是一个名叫黄亚彬（也许是王亚彬）的女孩，那个舞跳得真是好，要让我这个门外汉说说怎么个好法，可能贻笑大方，反正凭直感就是觉得好，动作行云流水一气呵成，简洁流畅飘逸大气。

我们几个同志打赌，我说这个女孩子不拿第一名，那就是评委出问题了。后来评委们一亮分数牌，我没有忍住，一掌拍在桌子上，把酒杯都打翻了。沈培艺给这个女孩子打的分数被去掉了——去掉一个最高分。去掉了这个最高分，再去掉一个最低分，这个女孩子还是那次比赛的第一名。我当时很得意，跟那些部队的同事们吹嘘说，怎么样，我老徐没看走眼吧，我和著名舞蹈家是一个眼光，英雄所见略同啊！

三

不知道为什么，我后来很少看见过沈培艺跳舞了，而老是看她当评委，电视访谈节目上也见过她两次。直到前不久，她策划了一个中日和平主题的舞蹈晚会，发短信问我有没有兴趣，我说太有兴趣了。我的兴趣在于，我倒是要看看，这个年届不惑的舞蹈大家是怎样复活她的艺术青春的。

那天晚上我和朋友坐在国安剧场里，我一遍又一遍对朋友说，别着急，她一定会亲自上场的。但是后来我们发现上当了，她没有再穿舞鞋，而是充当节目主持人，实际上也是组织者。她在继续做着为人作嫁的工作，中方演员中，她推出了她的学生柴明明。我看着舞台上的柴明明，想象着十八年前的沈培艺，那副做派倒很神似。

几天之后，我收到了她的专辑光碟《易安心事》。这时候我才知道，两年前她又干了一件让人目瞪口呆的大事。她接受了一个日本艺术家的邀请，在中日韩三国三个女人组合演出中，一个人独舞三十分钟。那一年她应该四十岁了。作为一个普通的人，四十岁当然不算老，但是作为一个舞蹈演员，四十岁怎么说也算不得年轻了。三十分钟啊，且不说一个四十岁的女人，就是一个豆蔻年华的女孩，一个人在台上蹦跶三十分钟，除非她身上的每一块肌肉都闪闪发光，否则观众怎么能坐得住呢？我真是为她后怕。我能想象得出来，在那些准备的日子里，她是怎样的一副心情。无疑这是一次严峻的挑战，也是一次千载难逢的机遇。我甚至想，也许，在登台前的那一瞬间，她应该是悲壮的，是视死如归的，是大义凛然的，如同涅槃。

舞蹈就是舞蹈家的宗教，为这个宗教献身，沈培艺是可以义无反顾的。我相信她在沉寂的十年里，一定读过很多书。她在中国传统文化的海洋上面，终于找到了让她艺术心灵翱翔的那片天空。穿过千百年时间的隧道，她和那个女人不期而遇，她聆听了她的哀怨，她领悟了她的惆怅，于是她成了她。凄婉的秋雨，清冷的春风，雨打梧桐的怅惘的调子，遥望天穹思念的目光……这一切，都在瞬间顿悟，都在顷刻复苏。她秉着一把红色纸伞，踯躅蹒跚，如歌如诉，怎一个愁字了得？才下眉头，又上心头。她用自己的躯干肢体诠释了那份挥之不去的惆怅，她无言地把那个女人跳活了，跳得我们热泪盈眶。那个愁字啊，让人心碎，也让人心醉。我们在品味一个女人——不，应该是两个时代的两个女人——还不，应该是所有的女人的那个"愁"字的时候，骤然一惊——竟然，人间还有这么重要的情绪，女人的愁，足以化解男人的仇恨，足以牵回浪子的野心，足以浇灭战争的火焰。为了那些爱恋着我们等待着我们期盼着我们的女人们，我们还争夺什么，打点行装上路回家吧！女人的愁，就是我们的精神家园啊！

  我有理由推测，沈培艺在研读李清照的时候，她有可能会产生幻觉，那种知识女性独特的离愁别绪，正好与她内心的某种情愫对接了。冒昧地说一句，沈培艺在她的艺术生涯中，一定有她的失衡，一定有她的隐痛，一定有过失望和绝望。而这一切，恰好造就了她。背水一战，破釜沉舟，多年在扼制中酝酿积蓄的艺术激情在瞬间爆破，舞蹈中的她已经不再属于自己，她已然成为一个跃动的符号，一缕恣意泼洒的烟雨，鬼魂附身，妖魔蛊心，同那个著名的愁字号品牌女词人融为一体，那个人把她自己的灵魂附着在一个二十一世纪的舞蹈家身上，这个舞蹈家把自己的艺术激情倾注在那个幽灵的艺术生命里。

看完《易安心事》之后，我的心情久久不能平静。我太震撼了，似乎这时候才恍然有悟，历史原来可以这样表现，舞蹈原来可以这样进行，文化原来可以这样传承——只有你深刻地懂得她，你才可以成为她。如此说来，我不能再写下去了，蓦然回首，我发现我们对沈培艺，还是了解得太少太少。

奔走于文学内外

认识舒晋瑜，是十几年前的事了，那时候她还是个小女孩，接受她采访的时候，被她一双纯净的大眼睛专注甚至虔诚地注视着，那种目光似乎在营造着一种宽松的氛围。但是几个问题下来，我发现这个小女孩不简单，见面之前她已经做了很多功课，好像她比我本人还了解我，作品中那些并不为人注意到的细节被她注意到了，写作中无意渗透在作品里的一些思考被她发现了，甚至，有一些隐秘的感受被她捕捉到了，意义或者隐喻被她放大了。采访进入深处，她会不动声色地提问、提示、提醒，让你放松警戒、越过防线，打开你的话匣子，敞开你的心扉，引导你走入她预先设计的路线。

作为一个游走于文学领域的年轻编辑，舒晋瑜给我的印象，一是她的貌似清纯实则敏锐的眼睛，二是她的虽然年轻但不乏文学素养的敏感的心，第三就是作为一个记者必须拥有的勤奋的双腿。

十几年后，我在解放军艺术学院文学系工作，文学系组织的创意写作训练，再次引起了她的关注。多年之后见面，我谈起当年认识的那个小女孩,她哈哈一笑说,已经是小女孩的妈妈了。诚然,我们都有了很多变化,可是,那双眼睛,那颗心,那双腿,还是属于文学,仍然在为文学闪烁,为文学颤动,为文学奔走。

这些年,舒晋瑜采访了中国当代很多著名作家,有点像中国文学界的奥里亚娜·法拉奇,我认真地阅读了其中几篇文章,我觉得舒晋瑜的访谈有一个很重要的特点,就是对于作家的发现,发现他们的童年,发现他们的经历,发现他们的阅读,发现他们的风格,发现他们的生活态度和文学观,发现他们丰富驳杂的精神世界,一言以蔽之,发现他们的奥秘。有些奥秘甚至不为作家本人自觉,到她不经意间点破,作家往往一愣,继而会心一笑。我本人就有这样的体验。我认为一个记者会提问题是至关重要的,提问题不仅需要修养,更需要艺术,要让被采访者有话要说,愿意掏出心窝子说,还愿意喋喋不休。舒晋瑜提出的问题有不少是高难度的擦边球,往往会有一定的敏感性或隐秘性,但是同时又有一定的鼓动性,让被采访者无法拒绝。她就是这样对付莫言、贾平凹、格非、苏童等人的,循循善诱,让他们说出内心深处的东西。唯其因为有难度,作家才能谈出高度,作为记者才有可能把高质量的发现呈现给读者。

舒晋瑜访谈文章的第二个特点是文学性,用文学的方式表现文学人物和文学现象。她甚至会越过"访谈"这样带有规定性的文体规范来书写她的对象,有时候你会觉得她在用"纪实文学"的方式临摹作家,寥寥数笔就描绘出以拙藏智的贾平凹,寥寥数语就刻画出一个稳如磐石的莫言，几个情节就勾勒出徐怀中在战争年代的风采——与此相似，舒晋瑜也是一个文学领域的战地记者，总是活跃在看不见的硝烟之中。作为一个文学记者，当然不同于诸如时政、新闻记者，无论是文章的结构还是语言，甚至表达文学的理性思考和见解，都会自觉或不自觉地沾染上文学的味道，事例生动，引人入胜；情感饱满，动人心弦；语言鲜活，令人耳目一新。渐渐地，从她的笔下，我们能够大致地看到一个个作家成长的足迹，看清他们的轮廓。她的努力是行之有效的，为我们了解当代中国文学描绘了一道独特的风景。

辑四 说文谈艺

从「另类」到「一样」
——《历史的天空》创作谈

《历史的天空》出版之后,有不少反映,读者感想,专家评说,成败得失,各有说法。后来改编拍摄成电视剧,又有观众媒体,亲朋好友,也是各抒己见,多是褒扬鼓励肯定赞誉,时间久了,听得多了,倒也能够保持一颗平常心,人前人后尽量做出宠辱不惊状。

但是,有两句话却让我格外放在心上,一句是部队一名年轻军官说的,他在读完小说之后给我打来电话,长谈一个多小时,他说梁必达(作品中主要人物)是个"另类"。

还有一句话是一位观众说的。小说被改为电视剧播放之后,报载,一位参加过抗日战争的老八路对梁必达(因为一个莫名其妙的原因,电视剧改为姜必达)的扮演者张丰毅说:"我们当年跟你一个尿样!"

两种截然不同的说法,耐人寻味。

所谓"另类",是一种比较普遍的看法。后来我听不少人、包括文学评论界的专家都说过,《历史的天空》之所以在一个时期被看好,主要是因为梁必达这个人物形象独特,个性鲜明,区别于我们阅读经验的众多的战争文学（这里特指小说）中的人物形象，给人耳目一新的感觉。这个家伙，刚开始的时候让你提心吊胆，继而让你捉摸不透，渐渐让你刮目相看，最终让你肃然起敬。在读者的眼里，梁必达是不可以归为哪一个类型的，他总是不按常理出牌，他几乎每件事情都有怪招，又总是出奇制胜；他几乎每一句话都是歪理，但又总是话粗理不粗，甚至可以用辩证法来解释。就连他和东方闻音的爱情也是别具一格，有军阀的粗暴，又有慈父般的温情，有司空见惯的软缠硬磨，也有秉性纯真的人格魅力征服。随着时间的推进，梁大牙把自己的本性优点和缺点暴露得淋漓尽致，梁大牙越来越像梁大牙，到了最后，东方闻音这样一个纤纤女子，想不爱上梁大牙，已经不可能了。这个人物于是以全新的面孔皮笑肉不笑地出现在我们的面前，让我们惊讶和费解。

显然，当代读者和观众对于梁大牙产生了兴趣，是因为这个人物是一张新面孔，在这张新面孔身上发生的很多事情，都是新奇的，是闻所未闻前所未有的，是陌生的。换句话说，《历史的天空》受到欢迎，就是因为它"另类"。

可是，还有完全不同的看法，老八路观众那"一个尿样"的说法，等于告诉我们，梁大牙并不是新面孔，其实梁大牙我们早就认识，他就是我们中的一员，甚至，"他就是我"。老八路"认识"梁大牙，不是从已有的艺术作品中认识的，而是从战争实践和他自己的经历体验中认识的。我曾经为一位老将军整理回忆录和传记，也采访过战争年代诞生的数十位有名的战将,他们谈到《历史的天空》,几乎没有人指责我在胡编乱造,他们普遍认同梁大牙和梁大牙们。一位将军有一次同我谈起《历史的天空》,微笑着说,刚开始参加革命的时候,哪里知道革命是个什么?刚开始打仗的时候,哪里知道战争是什么?都是在战争中学习战争。还有一位将军认为,梁大牙还不算"另类",战争年代,我们比梁大牙还"二屎"。

我们当然不会认为这些老革命的经历和行为都同梁必达"一个屎样",但是,他们的判断却有力地肯定了梁必达这个典型人物的艺术价值,至少这个形象有代表性,有艺术真实的感染力,能够引起共鸣。

我在创作《历史的天空》的时候,并没有刻意追求创新,我只是希望能把梁大牙写得更像梁大牙。把梁大牙写得越像梁大牙,那么围绕这个核心人物的其他人物也就越像他们自己。梁必达几乎是从社会人格和道德的底线出发的,他的成长和成熟的过程,始终伴随着发生在这个人物内心世界的激烈的自我战争,始终伴随着人物灵魂同外部环境的博弈,这种战争随时决定着梁必达的命运,胜负双方常常难解难分,因此才让读者感到梁必达人生道路的每一步转折都是惊心动魄的,梁必达命运征程的每一步峰回路转都让人捏着一把冷汗,每一次化险为夷都让人长长地松出一口气——这个人物让读者牵肠挂肚,为之惊叹、惊呼、惊喜。这个人物于是栩栩如生。

如果说梁必达这个人物因其个性鲜明而终于冉冉升起的话,那么他身边和身后那些人物形象,也必然是个性分明的,因为对付梁大牙这个莫名其妙的家伙，他们也必须有一套特殊的套路，否则你没法和他对阵，没法和他斗争，没法和他团结，没法和他对话。他们在修炼梁大牙，梁大牙也在磨砺他们。在这些人物中，有多次力排众议冒险重用梁必达的司令员杨庭辉，有死板教条但不乏凛然正气的政工干部张普景，有谨小慎微而又足智多谋的窦玉泉，有国民党抗日部队里忍辱负重的石云彪和陈墨涵，在单位群体里，他们似乎都是"另类"，都有自身的个性光辉。他们搅在一起，死缠烂打，终于契合。

"另类"也好，"一个尿样"也罢，这两种效果都让我不以为耻，反以为荣。"另类"固然新颖，"一个尿样"其实才是本质的创新。谈起创新，可能会有一些误区，认为创新就是标新立异，甚至就是故弄玄虚。从读者和观众对于《历史的天空》不同的认同角度，我似乎悟出一些门道，也许，最新的其实就是最真的，把那个人写得越像那个人，把那件事写得越像那件事，创新就在其中了。

和平年代的战争往事
——《特务连》创作谈

上个世纪八十年代中期,我在野战军某部侦察连担任政治指导员,我的连队曾在边境线上执行为期一年的边防任务。无论是对于一个军人还是对于一个作家而言,这段经历都是不同寻常的。也就是在那里,我才真正地找到了军人的感觉。我和我的战友们一起巡逻,一起潜伏,一起承受意志、胆魄和能力的检验,一起分享艰难困苦和胜利的喜悦,栉风沐雨,风餐露宿,相濡以沫。每次完成任务之后,只要有可能,我就会登上驻地附近那座著名的飙水岩主峰,眺望蓝天白云,凝视浓重的云雾下面我们刚刚撤离的山岳丛林,回味刚刚发生的一切。枪声炮声呐喊声,还有我们的心跳声,一切都被覆盖了,一切都重新平静下来了。然而,我的思维却往往就在这一瞬间激动起来了,活跃起来了。

我的那些战友给我留下了十分深刻的印象,现在我还能记得他们的名字:陈学礼、刘广超、邵海、管洪福、李全海……这些人都是二等功臣,还有那位牺牲在我身边的李军——他的母亲李祖珍后来被中央军授予"子弟兵的好母亲"的荣誉称号。我在同他们朝夕相处的日子里,就像在读一本本年轻的书,读他们的言谈举止,读他们的内心世界,读他们的情感,读他们的命运。直到二十多年之后,这些形象在我的脑海里依然清晰,常常想起,不能忘记。

我的影集里有一张含有李军形象的照片,照片的核心位置是满面春风的我,只是在照片的一个角落里,留下了全副武装的李军的一个模糊侧影。为什么会这样呢?我记得很清楚,那次行动,李军被分配在尖兵组,出发之前,他要求我给他拍摄一张照片,并且嘟囔着半开玩笑说,给我照一张吧,没准这是最后一张照片了。我听了这话,感到不吉利,于是批评了李军,我对他说,别人可以留影,你就算了。你的这张照片留着,等完成任务回来之后再照。我想李军可能听明白了我的意思,所以他就没有再坚持,向我笑笑,然后就闪到一边,看着别人留影,并且在我的那张照片上留下模糊的笑容和一条清晰的扎着绑腿布条的腿。

没想到一语成谶,李军似乎对他的命运有点预感。就在那次执行任务的时候,李军踏雷负伤,血流不止。等我带领接应小分队赶到时,他已经牺牲了。这以后,只要我想起这件事情,心里就有一种难以言说的隐痛。

二十年后,我成了一名文字工作者,当编辑,编了很多书;当业余作者,也写了一些书,获得了一些荣誉。但这些作品总是在虚构,我觉得我应该写写我自己了,写写我身边的那些事情了。当我产生这个念头之后,脑子里首先就跳出来李军等人的形象。多少年来,李军最后的思想状况,最后想说的话和想做的事情,一直是萦绕在我心头的谜团。我按照我对他的了解和我的想象去推理并且试图论证,假设了很多种可能,于是就派生出很多故事,到了最后,这些故事已经跟生活的真实大相径庭了。

如此说来,《特务连》仍然是一部虚构的作品,不同的是,这部作品的生活体验较之我本人的其他作品可能要真实一些深入一些。关于这一点,从写作角度上也有所体现。我的多数作品的视角都是选择在作品的外围或曰上空去俯瞰或者透视,唯有这一部《特务连》,我采取了忽而亲临其境、忽而凌驾其上的半人半神的视角,写着写着,我成了一个叙述者,一个局外人;写着写着,我又回到了二十年前,回到了我所工作过的侦察连,回到了同李军、邵海和陈学礼他们并肩战斗的日子。写到动情处,我深陷其中,往往连自己都出现了思维障碍,搞不清楚哪个情节是真,哪个故事是假。我甚至自我安慰地想,也许这种似是而非真假难辨的状态,正是小说创作的最佳状态。所谓投入,大约就是这个样子。

如果让我自己来总结《特务连》的特点,我觉得最大特点就是具有阅读的亲和力,因为生活积累比较丰富,酝酿比较充分,情感比较真挚,写作的时候水到渠成,基本上没有刻意雕琢,没有故弄玄虚,没有设置阅读障碍,所以我估计读者在阅读的时候,也可能会产生身临其境一睹为快的感觉。而这,一直是我的重要创作原则之一。

我坚持认为，一部好的作品应该是简洁的明白的，一个敬业的作家，应该最大限度地使用自己的建筑能力，能够将生活错综复杂的原材料精心筛选出来，严密组织起来，巧妙建造起来，也就是说，把一切复杂的劳动留给自己，把简洁通晓的作品献给读者，而不是把阅读的负担推给读者。基于这种认识，我在《特务连》的创作上走过了一段漫长的复杂的酝酿过程。从结构意义上讲，我感到我的努力是有效的，人物性格比较鲜明，故事脉络比较清晰，小说元素比较集中，这已经远远不是二十年前我在侦察连、在前线所体验的生活本身了，而成为一段高度凝练的情感往事。

寻找英雄
——《马上天下》创作谈

本世纪最初几年，文学评论界有人称我为"正面强攻战争文学"，引起了我的反思。回顾创作经历，我的确写了不少战争题材的作品，大约要占到我所有作品的百分之九十以上。客观地说，我是军人，曾经两次参加边境局部战争，曾经在野战部队参与整理本部队军史，曾经就读于解放军艺术学院，曾经主要阅读和观赏战争文艺作品；调入解放军出版社工作之后，曾经参与战争人物回忆录和传记的编辑、整理工作，曾经接触、采访过近百名战争亲历者，在一个相当长的时期，战争体验、战争回忆、战争想象和战争思考，占据了我文学思维的主要空间，这是我当时并没有清醒认识、如今逐渐醒悟的事实。也许，就是这些比较特殊的经历，在不知不觉中牵引我的笔触，以至于混出个"正面强攻"来，近水楼台也好，得天独厚也罢，其结果似乎成了情有独钟。

我并不排斥"正面强攻"的说法，这些年，我提着我的狼毫，攻打一个又一个山头，从《历史的天空》到《仰角》到《明天战争》，从

《高地》到《特务连》到《四面八方》再到《八月桂花遍地开》。

扪心自问，写小说只是外在的行为，其实，一个自诩为战争文学的作家，打遍天下也许只是为了寻找，寻找什么？当然是英雄。

我的寻找从很久以前就开始了，我非常渴望在现实生活中能够找到一个让我五体投地的人，就像童年，从长者嘴里听到的那些能够扭转乾坤、拯救人类的大力士，他们既有超凡的本领，又是道德完人；既能驱除人间一切邪恶和灾难，又能在天塌下来的时候毅然挺起肩膀扛住。如果我们的生活中有这样的人，那么，我们跟在他们的后面，一切就变得简单了，我们就可以偷懒而不必自己奋斗了。

可是，我们找不到这样的人，因为他们都在天上。于是我们退而求其次，在人间寻找肉身英雄，我们还是很难找到我们最理想的，他们或者足智多谋，但存在道德瑕疵；或者道德完美，却又昏聩无能；或者道德智慧一流，却又在性格上存在致命弱点，或者能够安邦济世却又贪杯好色生活作风糜烂，等等等等不一而足。从古到今，没有哪一个人值得我们完全信赖或者依赖。

找不到了，我们失望了。怎么办？一旦放弃了寻找，也就是放弃了信仰，而一旦放弃了信仰，我们的灵魂就会流离失所，一旦我们的灵魂随风漂泊，我们的生命就只剩下一堆碳水化合物了。

好在我们没有放弃，因为有文学。年复一年，我们在自己的思维空间里耕耘，我们栽树种花植草。于是，这个人先后以不同的面貌出现了，梁大牙、韩阡陌、兰泽光等等，八仙过海各显身手，特别是

《八月桂花遍地开》里面出了个沈轩辕,忧国忧民,韬光养晦,大智大勇,几乎就是我要找的大力士,我感觉我的思维触角正在向战争的深层挺进,正在向我理想中的英雄靠近。曾几何时,我自鸣得意地认为,离那个地方还有一步之遥,快了,快了……

直到有一天,我深入地研究了一个战例,了解了许多前所未闻的内幕,并为在战争中一位高级指挥员超常的思维所震惊,引发了我对于战争的深层思考。我突然发现,我和"那个地方"的距离,还有很远很远。

我捧着那个战例,反复想象那场战斗,想象着那些活着或者死去的人们,日复一日,忽然发现一个人,从字里行间冉冉升起。

两年后,我写出了《马上天下》。

《马上天下》故事很简单,我写了战术专家陈秋石和战斗英雄陈三川父子在不同的战争阶段不同的战争生活和迥异的战争观念、悬殊的战术水平,我想达到的目的是,通过这对父子的生离死别,对于战争与和平、勇敢与怯懦、忠诚与背叛等对立关系以新的视角进行诠释。

战争小说,不能不写战术专家;战争文学,不能不追求战争境界。中国是一个兵法大国,关于战争,老祖宗早有警言:兵者,国之利器,不可不察也。孙子说,不战而屈人之兵。我在《马上天下》里营造了这一境界,我让我的主人公陈秋石说,三流的指挥员被敌人消灭,二流的指挥员消灭敌人,一流的指挥员既不是消灭敌人,更不是被敌人消灭,而是让他投降滚蛋。作为声名显赫的战术专家,陈秋石还老老实实地说过一句话：我就是因为不想打仗，才学会了打仗。

这两句话，可以看成是《马上天下》的核心价值。

文化与知识决定了人的思维高度，陈秋石的"读书人"身份决定了他的战争境界。我在创作《马上天下》的时候，从战术这一核心要素出发，重视了战争文化的价值，通过陈秋石表现知识分子将领在战争中的作用，强调"上战不战，止戈为武"的战争理念。这与当下弘扬的英雄主义和这个主义那个主义可能不相吻合，但我坚持认为，这是战争文学作家必须达到的高度。需要说明的是，作为小说，我强调的是战术意识而不是战术本身。战术意识只是作品人物内在联系的结构线索，而并不是战术教科书。

战争意味着杀戮，但战争又是不可避免的，所以守望大爱与大义的终极人文关怀就显得弥足珍贵。理智和审慎地对待战争，用智慧和人格化解战争，也许就是最好的战争。从这个意义上讲，我认为陈秋石才是英雄，尽管他可能是一个缺乏亮度的英雄，但这样的英雄才可能是真实的英雄。

假如我们都是杨靖宇
——《八月桂花遍地开》创作谈

写抗战小说，不能不写好鬼子。坦率地说，过去有不少作品在这个问题上简单化了。其实，大和民族是一个个性非常鲜明的民族，集体责任感非常强烈。具体到每个战斗成员，也是一个很复杂的文化载体，他的意识形态、精神动力、战术技术以及生活习性，都是需要作家潜心研究的，而不能仅仅用中国式的地痞流氓的形象来描摹。

写好敌人，正是为了写好自己。在《八月桂花遍地开》里，我写了松冈、荒木冈原、河田、岩下等各阶层的日本官兵。虽然在向外扩张、加害中国人的总目标和愚忠天皇这些大的原则上，日本官兵有着十分趋近的心理，但在其行为处理和心理描写上，我还是设身处地地进入了他们的内心世界，写出日本文化背景下的日本官兵形象，写出了个体的性格差异和人生价值取向的不同特点。无论是凶残还是勇猛，也包括偶尔的恻隐，我都要为他们找到依据，因此我让我的读者看到的敌人是血肉丰满的，是真鬼子而不是"造假"。把敌人写透了，与之博弈的抗战英雄们也就有了立足之地，高大而实在，既不是随心所欲心想事成的神，也不是呼风唤雨飞檐走壁的仙，而是活生生的人，是在同活生生的敌人的博弈中冉冉升起的活生生的民族精英，就像生活中真实的杨靖宇。

写抗战题材的小说，更不能不写汉奸，尤其重要的是不能不把汉奸写好。在第二次世界大战中，中国的汉奸人数之多，破坏性之大，为举世奇闻，这是不容回避的客观存在。汉奸现象说明了什么问题？说明这些人贪生怕死？从现象上看是这样的，可是似乎又不能简单地完全用贪生怕死来解释汉奸的本质特征。我是按照这样的程序剖析汉奸的：首先仍然把汉奸看成中国人，分析他的生存状态和成为汉奸的外部环境、心理基础；第二步才探寻他们成为败类的必然或偶然条件；第三步我试图给他们创造条件，帮助他们找回中国人的感觉，最大可能地让这些汉奸回到抗战的阵营。

《八月桂花遍地开》不仅写了共产党军队抗战，也不仅写了国民党军队抗战，还写了绿林武装、民间武装，也包括一度成为汉奸的人一起抗战。这是深层次的统一战线。我绝不会为汉奸开脱，这些民族败类死有余辜，但我也绝不会把汉奸现象简单化，我必须把他们当汉奸的原因搞明白或者说搞得比较明白。我们中间为什么会有那么多汉奸呢？同样是中国人，同样的装备、待遇，甚至还有更差的装备和待遇，为什么有些人当了汉奸，却为什么又有那么多英勇战斗以身殉国的英雄，譬如杨靖宇，譬如佟麟阁和赵登禹，譬如黄埔江边的八百壮士。遗憾的是，我们中间不全是杨靖宇、佟麟阁和赵登禹，也不全是八百壮士，这或许就是中国的抗日战争要打八年、要在战争中付出灾难性代价的重要原因之一。

　　反思自身问题，改正自身缺点，使我们每一个人都高尚和强大起来，这是一项实实在在的爱国行动。我在《八月桂花遍地开》的扉页上写了这么两句话："没有谁能够击倒我们，除非我们自己；没有谁能够拯救我们，只有我们自己。"怎么拯救？还是那句老话，国家兴亡，匹夫有责。我们这些匹夫如果都能认识到自己的弱点，都能懂得皮之不存，毛将焉附的道理，都不去当汉奸，更理想的话，如果我们都是杨靖宇、佟麟阁和赵登禹，如果我们中间出现更多的八百壮士这样的战斗集体，那么，小鬼子算得了什么？小小的，微不足道的，他动一动我们就让他死拉死拉的！

一张旧地图
——《高地》创作谈

二〇〇五年最后一天是个假日，我懒洋洋地起床后，发现北京的天空似乎压得很低，空气中弥漫着潮湿的气息。我的心里突然涌上一阵喜悦，预感到要下雪。果然，到了八点钟左右，花瓣一样大的雪花纷纷扬扬飘落下来，而且越下越猛。我喜欢从天上掉下来的东西，下雨、下雪乃至下霜都会让我感到亲切，让我产生一种同自然和童年亲密接触的感觉。我于是出门，在款款不绝、丝绸一样的落雪中走到北三环，尽情地享受苍天的赐予。

一个小时后我回到了宿舍，打开电脑。坐在桌前，我仍然密切关注着窗外的情景，我渴望雪花来得更猛烈一些，这种感觉就像高尔基呼唤让暴风雨来得更猛烈些吧！那场大雪仅仅下了个把小时就停了，然而我心中的大雪却刚刚启程。

就是那个上午，我产生了强烈的创作冲动。我不知道我的冲动与这场突如其来的大雪有没有关系，我只知道，那场大雪让我心灵的大门洞开，我透过漫天飞雪看到了另一场大雪，曾经真实地诞生于朝鲜战场的那一场大雪。

二十世纪八十年代中期,我在河南安阳驻军某部政治部当干事,认识了本部队一位首长,并从他的遗产里继承了三样东西,一个公文包,一把指挥尺,一张作战地图。这张作战地图的正反两面都有文字、推理、推翻、论证、否定,还有很多气象信息和问号。

那是在本部争议很久的一个战例。两支亲如兄弟的部队,因为一场战斗的功过是非,存疑了几十年。我认识的那位首长,在那场战斗中,是本部某团的参谋长,因为一个偶然的因素——突如其来的大雪把他的道路堵塞了,他带领的主攻营未能在预定时间到达指定位置,于是他的部队成了助攻营。这个结果,让这位首长哑巴吃黄连,从此,他就收起那张作战地图,变得沉默寡言。因为他后来到师里工作,他要顾及本部队的稳定与团结,直到晚年退休,那张地图才被重新翻出来。他戴着老花镜,在干休所的葡萄架下一遍又一遍地推演,地图正反两面的笔记记录着他的困惑和希望。

这位首长去世之后,我接过那张地图,对照已经拥有的战史,开始了我的研究。我后来常常来到老首长经常待的葡萄架下,想象老首长在生命最后岁月里,默默无语,独自看着西边燃烧的晚霞,回忆他的年轻时代,回忆他最辉煌的、可能也是最后的、还可能是最伤感的那次战斗。可是,我还是没有搞清楚真相,老首长失利的原因到底是什么,他耿耿于怀的到底是什么,他为什么要在生命的最后阶段还孜孜不倦地研究这个战例,难道他想重返战场,证明自己没有失误,证明另一支部队错误?

地图已经快被磨烂了,有些地方模糊难辨。随着对文字资料的深入研究,我渐渐发现,凡是有记载的战例,几乎都有很多空白的地方,都有一些说不清道不明的东西。几年过去了,我对那个战例的研究在不知不觉中偏离了老首长的初衷,因为我不可能帮他找到答案。而我却在研究中收获了另外的东西:对于那场战斗参与者的研究,对于战斗中人的研究,包括那位老首长。

后来我调到北京工作,中止了对那个战例的探寻。

直到二〇〇五年最后一天遇上那场大雪,我站在北京北三环的马路牙子上,恍有所悟。也许,我误会了老首长,因为我并不了解他们那一代人,也许,老首长对于那场战斗孜孜求索,只不过是想搞清事实,只不过是为了学术求证,只不过是为了解开一个战争谜团。是什么驱动他如此执着?是为了捍卫军人的荣誉,还是为了追求真理?我为什么一头钻进个人恩怨的误区,用狭隘的心胸去衡量他们的价值观和道德观?在那些貌似个人恩怨、争夺冲突的背后,也许隐藏着军人的深层品质。他们捍卫集体荣誉更捍卫国家利益,他们对于旧事耿耿于怀却绝不影响他们履行军人的职责,因此他们之间的争论乃至斗争、抗争,都有着不同寻常的意味。

我为这个猜想兴奋不已。

那个下大雪的上午,我登上了自己的精神高地。两个职业军人的形象从遥远的雪天向我走来,《高地》应运而生。

在创作《高地》的日子里，我感到我进入了最佳的状态，我把我的理想赋予了我的作品人物，我的作品人物成了我表达理想的载体，我同他们同呼吸，共命运。我重新认识了那位老首长和他的对手。他们是在抗日战争尾声参加八路军的，在抗日战争期间，他们曾经有过忍辱负重的经历；在解放战争中，他们随"百万雄师"南下，一路所向披靡；在朝鲜战场上，他们所在和我后来所在的部队打出了八面威风……他们是在战争的特殊环境里锻造出来的特殊材料。可是，就在他们刚刚上足了发条，要在战争中大显身手的时候，战争戛然而止，他们就像奔驰的骏马被突然勒住缰绳，惯性使他们猝不及防地从事业的巅峰滚落下来。生活、爱情、工作……这一切都不能取代他们对于战争的追求，不能满足他们内心的渴望。他们成了奇怪的人，茫然四顾，手足无措。

我在作品里把他们分别命名为兰泽光和王铁山，兰泽光的一生是幸运与不幸交替进行，有幸地参加了战争，却很快地失去了战场；有幸地成为战术专家，却很快地失去了战争；有幸地成为高级指挥员，却很快地失去了指挥平台。没有了战场，没有了敌人，没有了对手，他的生命便黯然失色了。于是乎，他的搭档、彼此最耿耿于怀的当然也是彼此最重视的人成了他的假想敌，准确地说是陪练的标靶，成了他最大的障碍和最能心心相印、"打断骨头连着筋"的铁杆目标。他只能依托王铁山，只能依托地图和沙盘以及演兵场，在战争准备的平台上，在虚拟的战争里，偶尔青春再现。战争艺术成为他生命的主体工程。

当我写到他们的生命的终点,也是小说的结局的时候,我同我的读者一样恍然大悟,我认识的那位老首长临终前还耿耿于怀地摆弄他的地图,其实并不一定有什么政治目的或者军事目的,也许只不过是一种习惯,我把这种习惯理解为职业精神。

常双群的来历

《仰角》写到三分之一的时候,写不下去了,打电话给同学谭荣登,聊当年的"贯山炮校"和我们共同的六班。谭荣登说,你怎么把王双群忘了呢?王双群的故事是最典型的,酸甜苦辣全都有了。

一句话提醒了我,是啊,我怎么把王双群给忘了呢?

同王双群分手,分明是在一个初夏的下午,但在我的感觉里却一直萧瑟如深秋。没有太阳,天空昏黄,风卷阵阵黄沙,在枝头上回旋。我们六班的人都来给王双群送行了,靳建辉背着王双群的铺盖卷子,谭荣登背了一个军用背囊,汪正学拎着装鞋子的网兜,我和孙守胜则一左一右地挨着王双群,一路上我们很少说话,就这么心事重重甚至有几分悲壮地往大门口方向走。

像王双群这样的战士,高考仅差四分落榜,投笔从戎后发奋图强,专业训练是全师的尖子,打过仗立过功,按照约定俗成的看法,再往下走,提干当军官是顺理成章的。可是,就在我们当兵的第二年年底,一道红头文件发下来,今后军官全部来源于院校,从此不再从士兵中直接提干。顿时,我们这些被各级看好的、已经造册备案的"干部苗子"的军官梦就被粉碎了。从军队长远建设意义上讲,这个决策无疑是英明的,但落实到个人身上,则是一次重创。

好在,机遇之门也并没有完全堵死。在院校毕业生到来之前,部队基层一度出现青黄不接的局面,上级通知,在现有干部苗子中,留少量特别优秀者,通过短期培训提拔成军官,成为向知识化和专业化过渡时期的桥梁。培训的条件是,年龄相对放宽,学制相对缩短,但必须参加全军统考,且专业技能和指挥素质也有更为苛刻的标准。如此一来,已经从士兵中百里挑一的干部苗子们还要经过一次百里挑一的筛选。最终,有六十多个人一路披荆斩棘杀出重围,来到了豫西某县城边上一个山坳里。我们怀着狂喜的心情把我们的教导队命名为"贯山炮校",无比珍惜地开始了向理想境界的攀登。

然而,竞争还在继续,因为不断有小道消息传来,这六十多人并不一定能够全部提干,最后可能还要"差额选举",择优录用。大家于紧张的学习训练之余又难免有些不踏实。

在思想最不稳定的时候,王双群似乎是个例外。王双群个头不高,额头皱纹很深,说话慢条斯理,烟瘾奇大———由于他的成绩特别优秀,队领导和教员对于他抽烟违规往往睁一只眼,闭一只眼。他的口头禅是:"多大个事啊?"听他那口气,天塌下来仿佛都不是个大事。弹测法是比较复杂的科目,即便是有多年指挥经验的营连指挥员对此也很发怵,我们运算起来就更难免手忙脚乱,但王双群不,王双群的膝盖上放着对数表,一只手夹着铅笔,另一只手还往往夹着一根烟卷,漫不经心地翻几下对数表,划拉几笔,别人还在念念有词地加减乘除,只见他小眼一眯,烟头一扔,射击诸元就出来了,而且准确率常常高得惊人。

我们那时候坚信,全队哪怕只剩下一个提干指标,也非王双群莫属——如果他不出大纰漏的话。不幸的是,他后来还果真出了个纰漏。

那已经是毕业前夕的最后冲刺阶段了,首先是在各种考核中淘汰了四个学员。接着就开始政审和体检,全队有三个学员身体不合格,居然就有王双群,他被检查出患了色盲症。知道这个结果,王双群蒙了,教员也蒙了,全队都蒙了。

那几天,我们六班学员的心情真是复杂极了,一方面我们庆幸自己过五关斩六将大功即将告成,四个兜的干部军服就在前方向我们招手,另一方面,也真诚地为王双群感到难过。

回想当年同王双群话别的细节,印象较深的是他那张小老头一样深沉的脸上挂着的苦笑。他苦笑着说,多大个事啊!你们放心,大路朝天,我老王还得好好地走。握手的时候,我突然发现他的眼角挂着两颗亮晶晶的泪滴。其实大家都看见了,但谁也没有说透,倒是他自己捋起袖子揩了揩眼角说,妈的,好大的风,沙子都吹到眼里了。

星移斗转,岁月悠悠。二十年后,从"贯山炮校"出来的,留在军中的已经屈指可数,谭荣登现在是某师副师长,孙守胜在某师当副参谋长,我则供职在解放军出版社。而对早已脱下军装的王双群,印象已经不是很深了。

那天在电话里,我和谭荣登一致认为,像王双群这样在部队出类拔萃的人物,在地方也必然不会干得太差,若从政,他的资历应该在县长上下;若经商,以他的快速反应能力,应该比较发达。当然,也不排除另外一种可能,那就是他复员回乡之后,一蹶不振,终于被生活压弯了腰,甚至有些穷困。

但是,在我的倾注了大量亲身体验的长篇小说《仰角》里面,我还是满怀良好的愿望,把复员军人常双群(即由现实中的王双群派生出来的人物)塑造成一个敢作敢为政绩卓著的好县长。

小说出版之后,我还曾经想过,假如有朝一日战友重逢,王双群看到这部作品,不知该作何感想?一个士兵在军营壮志未酬,回到庄稼地里,他能走出如此的康庄大道吗?通常说来,很难。也许他现在就是个面朝黄土背朝天的农民或者小商小贩之类……毕竟战友情深,我只能让他在我的小说里过一把县长瘾了。

意想不到的是,二〇〇一年春天我到合肥出差,同学孙守胜给了我一个惊喜,在骆岗机场,我竟然见到了阔别二十多年的王双群,还是那副小老头模样,还是那副慢吞吞胸有成竹的样子,一只手上仍然夹着烟卷。见到我意外的表情,老王眯缝着眼走上前来给了我一拳,说,多大个事啊,山不转水转,我们还是见面了。

顺便说一句,今天的王双群虽然没有我在小说《仰角》里虚构得那样出色，可也不是我们想象的那样潦倒。复员之后，他又是一路不动声色慢吞吞地往前走，先被聘干，然后转干，从一个办事员当到了县里的局长，为官清廉，克己奉公，在当地口碑甚好。

一个女兵，半部《仰角》

认识丛钰坤，是在二十六年前，那时候因为军队干部制度改革，一度一刀切，不从基层提干了，我们这些所谓的干部苗子被"抢救"到桐柏山下的原武汉军区炮兵教导大队，进行学历速成培训。到教导大队之后不久，我就注意到，保障排里有一个女兵，看脸蛋不过十七八岁，看神情却有点少年老成的味道。后来得知，她比我还早一年参军，已是三年兵龄了。她是我们大队卫生所的女兵班长，据说也是个干部苗子，还没有来得及穿上四个兜干部服，提干指标就冻结了。也就是说，在我们考入教导大队之前，她同我们的境遇是一样的，而在此后，我们经过一年多的培训，过渡一下，多数人还能提干，而她却似乎看不到什么希望，也许就这么再当几年老兵，然后复员。

我想，这大约就是她不苟言笑的原因之一吧。那个年代，当军官是多数青年人梦寐以求的事情，一颗红星两面红旗的领章帽徽，加上四个兜的军官服，虽然简朴，但是其中蕴含的荣誉感和优越感却丝毫不比今天的毛料军服逊色。更何况，她是那样的执着，又是那样地热爱军人这个称谓。渐渐地，我们就知道了她的一些情况，她的父亲是一个军医，"文革"中很不得志，她是在下放农村后，通过自己辛勤的劳动，获得贫下中农和当地领导充分好感之后，才被推荐参军的。那年头崇尚表现，衡量一个人表现如何，主要是看能不能吃苦，能不能搞好团结，能不能艰苦朴素。这些她都做到了，而且做得很好，所以她年年受奖，还立过两个三等功。保障排的任务很重，除了本职工作，还要打杂，放完电影后要清场，学员洗完澡后要打扫澡堂，抽空还得帮厨，这些粗活累活她干起来总是默默无闻。更难得的是，她当的是卫生员，却把自己当个医生，医书看了不少，小伤小病也治了不少，在我们教导大队，实际上她是被当作一个军医使用的，也正因为如此，她被干部部门顺理成章地纳入预提对象，理所当然地进入了"干部苗子"的花名册。然而天有不测风云，一声干部制度改革，预提成了不提，苗子永远只能是苗子，只能为人作嫁搞保障。

她倒是心安理得，我们野训，她跟班，风里雨里，一丝不苟，呼来唤去，绝无怨言。我记得有一次定点，有个学员迷路了，大家分头去找，她也跟去了，还给各个小组发了防创伤和防毒蛇的药。她话不多，走在山路上，一个学员跟她聊天说，眼看就快脱军装了，还这么任劳任怨地为我们保障，心里平衡吗？她说，有什么不平衡的，红花还须绿叶扶持嘛，我当不了红花，给你们当一片绿叶也是人尽其才了。这些话现在看来有些冠冕堂皇，似乎不太像心里话，但是我们知道，这确实是那个时代的真实话语。

那年春天，我因为坐骨神经疼发作，经常去卫生所打针，接触丛钰坤的次数就多了一些，我发现卫生所门外的水泥地上晾晒着许多中草药，其中有一味就是治疗坐骨神经疼的。据卫生所姚所长介绍，我们教导大队因为训练强度大，学员中患有腰肌劳损、胃病和关节病的不少，这些中草药大都是丛钰坤从山上挖来的，经过临床检验，效果不错，有些学员毕业之后，还写信到教导大队要药。至此，我对丛钰坤更是刮目相看了。

丛钰坤的转机出现在一九八一年夏天，军区给了炮兵教导大队几个考军校的名额，大队领导首先就想到了丛钰坤。从表现上讲，丛钰坤一直是教导大队有口皆碑的，勤劳，好学，大家都是看在眼里的；从文化程度上讲，丛钰坤高中毕业，虽然那个年代的学历水分很大，多数名不符实，但是丛钰坤不一样，她性格文静，不浮不躁，即使在动乱的岁月里也能潜下心来读书，比起一般的高中生，自然又多些功夫。如此说来，应该没有什么问题了，但是不行，因为本大队还有一个后台很硬的女兵跟她竞争。大队两次向上申报丛钰坤，两次被驳回。就在这时候，丛钰坤接到了一个电话，是她父亲的老上级家里打来的，当年在朝鲜战场上，这位老上级突发急病，就是丛钰坤的父亲把他从死神手中抢救过来的，首长家没有女儿，自幼视丛钰坤为掌上明珠。"文革"前两家关系十分密切，"文革"中丛钰坤的父亲被打成"反动学术权威"，为了不牵连首长，这才主动疏远。现在，老首长也恢复了工作，在总部担任重要领导职务，几经打听知道了丛钰坤一家的消息，首长夫人身患绝症，弥留之际要见丛钰坤。丛钰坤赶到北京，首长夫人拉着她的手，一再问她，需不需要她帮助，首长家里的人也劝她，改掉清高的臭毛病，赶紧把自己面临的难题跟夫人说，以首长的威望和老太太的余热，解决她的问题轻而易举。但是丛钰坤踌躇再三，什么也没有说，只是说她一切很好，请阿姨放心。一个老兵的自尊心再次堵住了丛钰坤前途上的捷径。

这件事情终于不了了之，后来同丛钰坤竞争的那位女兵如愿以偿上了军校，丛钰坤仍然在教导大队当一名老兵。

我是提干后第三年因编写教材回到教导大队的，丛钰坤见到我，居然一本正经地给我敬了一个礼。看着她一身发白的棉布军装和依然平静的脸庞，我的心里很不是滋味。那天我联络了几个同学，请当年的教员吃饭，把唯一残存在教导大队的老兵丛钰坤也请了去，大家一再追问丛钰坤，为什么当年放弃那么好的机会，她起先不讲，问急了才说，机会就一个，大家都不容易，我可以竞争，但我不能开后门。

这些话今天听来难以置信，而我们大家相信丛钰坤当时就是这么想的。放弃并不意味着自暴自弃。丛钰坤之所以能够拿得起放得下，是建立在充分自信的基础上的。后来的情况是，就在这次重逢不久，大裁军开始了，教导大队解散。以后又得到消息，丛钰坤复员后凭借自己的实力考入南方一家医科大学，毕业后成为一名出色的外科医生。

二〇〇三年秋天，我到武汉出差，原教导大队的一名教员组织了一场聚会，席间有十多人，都是当年在军区炮兵教导大队学习或工作过的，教员一一介绍，但只介绍当前情况，不介绍名字，让我自己辨识。我注意到了，在窗前的木椅子旁边，站着一名优雅端庄的中年女子，含笑不语，静静地看着我。

毕竟快三十年没见面了，大家的变化都很大，我还真的不敢马上确认。教员说，你们是老战友了，当年她给你治过坐骨神经疼，现在她是本市第二人民医院的主任医师，博士生导师，真正的大知识分子。

我脱口而出，丛钰坤……

她还是一脸平静的微笑，眸子还是当年那样清澈，她微笑着向我点头致意，让我在瞬间似乎又看到了二十多年前忙碌于桐柏山下的那个略带忧郁而又执着不屈的年轻女兵。

两年后，我写出了我的第一部长篇小说《仰角》，其中有很大的篇幅，详细地刻画了一个自尊自强令人肃然起敬的女兵形象，作品中的丛坤茗，即来源于生活中的丛钰坤。

说对说错皆用心
——文学系师生合集《背锅人》序

这是一次蓄谋已久的行动。

二〇一三年年初,我从空军文艺创作室调到解放军艺术学院文学系工作,谈话的时候,院首长开宗明义地交给我一个任务:培养军队文学创作人才,并要求文学系"焕发徐怀中时代的光芒"。离开办公楼,走到多年前我曾经住过的学员宿舍楼前,徘徊在大枣树下面,我的心情久久不能平静。

"徐怀中时代"是个什么时代?对于文学系新的一代人来说,那是个遥远的、模糊的概念,只有我和这两棵高龄枣树记忆犹新,那是一个火热的时代,是军事文学复兴的时代,是军队文学青年圆梦的时代。文学系首任主任徐怀中开创了"不拘一格,八面来风"的教学理念,注重实用、注重实践、注重实战,突出一个"实"字,紧贴部队文学创作人才需求,在不到十年的时间内,培养出莫言、李存葆、柳建伟、麦家、阎连科、江奇涛、王海鸰、陈怀国、石钟山、王久辛、殷实、衣向东……一支支精锐的文学部队,一届一届从这里出发、奔赴部队基层、奔赴创作一线、奔赴中国乃至世界文坛高峰。我入校的时候，文学系主任已经换成王愿坚，印象中老主任只给我们上过一堂课，讲短篇小说结构技巧，草蛇灰线。老人家对我们的创作情况十分关注，鼓励我们多读、多悟、多写。那个时代，中关村南大街十八号院，校园虽然破旧，却弥漫着浓郁的艺术空气，文学系南阶梯教室里，常常出现戏剧系、音乐系、舞蹈系、美术系学员的身影，文学系的学员，也有很多时间出现在其他系的教室里。院里还经常组织各系一起进行座谈、演讲、读书报告等活动，综合素养全面加强，实战能力普遍提高。文学系生活和学习的大本营是2号楼，常常有人潜伏在厚厚的帘子下面，写作直到半夜甚至通宵达旦。每当精彩的授课之后，争论的声音从教室延伸到宿舍。仅有的三五个教员，站在讲台上是老师，出了教室就是朋友，学员会撵着教员发表不同观念，探讨写作方法。有时候，为了一篇作品，为了一个观点，师生争得面红耳赤，各执一词互不相让，最终达成一致，沾沾自喜者有，暗暗得意者也有。几年之后，学生成了老师，老师成了作家和评论家，随着学生在广袤的文学沃野上声名大振，老师也当仁不让地在文坛占据重要一隅，譬如朱向前、黄献国、张志忠、刘毅然……那真是一个肝胆相照、教学相长的时代，也是个实实在在的艺术时代。用莫言的话说，大门右边的那座楼，就是一个文学作品工厂，出版社和杂志社的编辑，每次来都不会空手而归。

毕业二十二年后，我回到学校接任文学系主任。那天面对已经改造为教学楼的学员故居，回望高大巍峨的教学楼和办公楼，我感到肩膀沉重、视野模糊。院首长交给我的任务是光荣而又艰巨的，可是，我能做到吗？这个学校，已经发展成为一所军队综合艺术院校，文学系的功能由单一转向多元，师资结构由野战派转为学院派，学生是前高中生，他们的首要任务是完成规定的学业、拿到学历，老师的想象力和创造力因受条条框框的限制，得不到充分的发挥，诸如此类的现实问题摆在面前。我，一介武夫，土生土长，半路出家，歪打正着，写小说尚有经验，讲道理捉襟见肘，由我来领导文学系，将向何方，能否到达，这是连我自己都很茫然的事情。

可是，我没有退路，也不能退缩。

那个春节，我和文学系政委陈存松去拜访了徐怀中老主任，接着，又走访了吕永泽、黄献国、宋学武、朱向前、张志忠等老师，并多次向前任主任张方、张婷婷、许福芦、刘建华等人请教，从他们那里，我们知道了，接下来，我们该怎么做。

这几年，文学系耗费很大精力做了一件事情，就是推动写作训练。在这个过程中，我发现学生对于文学创作的渴望是强烈的。上任之初，我们出了一个题目"我心目中的文学系"，经常组织学生座谈。我接手后的第一届毕业生，十一名同学在即将离校之际，表达了一个共同的感受：原来以为文学系是学文学创作和文学批评的，可是四年本科读完之后，才发现不是这么回事……只要到部队参加活动，我就尽量走访往届学员，一个学生直言不讳地说，在单位，我们不好意思说我们是文学系的毕业生，因为我们没有学会创作，没有发表过文学作品。

这些话，让我非常纠结，也敦促我坚定了一个信念。

从二〇一三年开始，系领导想了很多招，在优化现有课程的基础上，开辟第二课堂，推动课外创作训练。依托本系老师和学员队干部，借助院外作家、任职班学员、文学期刊的编辑等资源，组成建制内和松散型相结合的导师队伍，大处着眼，小处下手，软硬兼施，由少渐多，把学生拖进文学创作的状态，先后在《解放军文艺》《解放军报》《人民文学》以专辑、专版、专刊等形式发表作品，还出版了一部长篇小说。全系老师悉数参与国家广电总局"青年编剧扶持计划"和"强军梦"征文等活动，指导学生写作，不仅强化了创作意识，也营造了文学氛围。这些作品其实作业，虽然稚嫩，但是对学生鼓舞很大。

这几年，学校大兴调研之风，先后组织我们到沈阳军区、广州军区、海军舰艇部队和复旦大学、上海大学、南京政院、海军工程学院等院校，探索教学改革之路，提高教学的针对性。在这样一个背景下，我们形成一个思路，贴近部队人才需求，贴近学员学习需要，贴近创作教学规律，以具体的课题引领创作。三个教研室任务方向逐步明晰，史论教研室主抓基础理论培养，提高综合文学素养；影视教研室兼而顾之，一手抓影视理论教育，一手抓影视短剧创作训练；军事文学创作教研室以主要精力抓创作训练，并在教学实践中逐步形成文学创作教学理论。

今年上半年，我特意设计了一个中篇小说《好一朵茉莉花》，人物形象半明半暗，情节结构时续时断，意在鼓励学生续写、补写，创意为"节外生枝"，作为教学的有益补充和创作的有效训练。我的想法是，尝试性启动，探索式前进，根据兴趣和创作实力，发动部分同学参加，课外展开，待经验丰富了，路径熟悉了，理论成形了，条件成熟了，将作为文学系创作训练的主要课程。这个想法得到了创作教研室主任张志强老师的支持，并由他具体组织，同时也得到了学生的热烈响应，仅仅一个暑假，就完成了十五篇再生作品。东方出版社对这个创意很感兴趣，主动要求合作，暑假结束不久即出版了师生作品合集《好一朵茉莉花》，封底印了这么两句话：小说之树开放的小说之花，作家之手托举的作家之星。

这两句话，就是我们要达到的目的。为了这个目的，我们将不屈不挠，牵引牵引再牵引，推动推动再推动，从感性到理性，从实践到理论，从松散到体系，从课外到课堂。

在《好一朵茉莉花》的基础上，东方出版社决定出版军艺文学系创意教学系列丛书，预约了第二本书稿。今年下半年，我将我的作品《三尺布》《识字班》《背锅人》发给在校学生，告诉大家只做一件事，开展批评。我在动员会上说，同学们不要有任何心理障碍，学生连老师都敢批评，一是说明学生成长了，二是说明老师成功了。十月三十一日凌晨，我看了张志强老师发来的二十篇学生撰写的"大批判"文章，喜出望外。这些九零后的学生，几乎不受任何世俗的束缚，少有杂七杂八的顾虑，谈问题一针见血，不乏真知灼见。我印象比较深的是，有个同学在文章里这样写道："作为一个经验丰富的作家，徐贵祥老师不应该犯这样的低级错误。"她提出两个问题，一是在《背锅人》这个作品里，开头写了一个国军军官的正面形象，大量铺陈，而在作品里，这个人物逐渐弱化，这个人和他的故事显得多余。二是真正的主角从叛匪到汉奸再到八路军民工的转变，缺乏细微的心理刻画，在最应该出彩的地方没有出彩。一个研究生认为："快节奏推进，忽略了精神世界的矛盾冲突，人性深处的微妙碰撞、交会、反复、转折等等，偶然性大于必然性，戏剧性影响了真实性。"另有一个同学，毫不客气地指出，作品在结构上有明显硬伤，几个重要的情节之间，缺乏内在的联系，甚至逻辑混乱。还有一个同学，对于作品中经常昙花一现的人物表示莫名其妙。凡此种种，不一而足。

东方出版社非常重视这次行动，认为这不仅是创作训练的有效尝试，也有市场亮点，进行装帧设计的时候，在封面上印上很有煽动性的文字："五零后九零后文学论战短兵相接，创作者批评者思想交锋飞沙走石"，"文坛老兵苦心孤诣导演草船借箭，军艺新秀将计就计谱写四面楚歌"。

姑且不论这个同学、这些同学的判断是否正确，重要的是，他们能够进入作品内部，鸡蛋里面挑骨头。我相信，就是这种条分缕析、吹毛求疵的精神，不动声色地把同学们拖进了文学创作的特定情境当中，让他们亲临现场，设身处地，直接感受。更重要的是，我们组织这个"大批判活动",还有一项附加作业:不仅要指出问题,还要拿出解决问题的办法——假如是我,如何来写?这个作业,直接就把学生带入创作思维和创作状态之中。一个同学开玩笑说,这可不是搞着玩的,徐主任那么大个块头,不是轻易能够被击倒的。假如是我,我写得怎么样,那是要刺刀见红的。

我认真看了几位同学"假如是我"的设计,有几篇确实别有洞天,令人耳目一新,大有"出蓝胜蓝"的趋势。但是,公允地说,他们毕竟年轻,创作经验缺乏,生活体验单薄,他们的设计未必比我高明很多,整体质量有待提高。尽管如此,我还是感到欣喜欣慰,说对说错皆用心,说高说低都是真。至少,他们已经上路了,他们在我行走的路上,迈出了自己的步伐。我是多么希望他们走在我的前面啊,那一天也许并不遥远。

田野之上有我们的城郭
——《四面八方》后记

《四面八方》是从什么时候开始创作的？我想，这应该是很久以前的事情了。

我生长在皖西的一个集镇上。二十年前，这个集镇其实是一座以土墙和草房为主体建筑的大村庄，仅有的砖墙瓦房就是一家百货商店和一座清真寺，再加上街东头的一座道观小庙。童年时代，我很向往城市，城市在成年人们的口头描述中，有汽车、公园和高楼，还有吃不完的饼干、糖果和冰棒。城里的人们似乎都很神奇，无所不能，人间的一切艰难困苦都不在话下，那里似乎没有饥饿、寒冷和疾病。我羡慕他们并且幻想成为他们。

一个梦被我记了很久。

以后回忆起来，那个景象应该出现在我刚刚出生不久，我还在母亲的怀里。母亲抱着我在春天的阳光下行走，我依稀记得不远处有一团鲜艳的绿树叶子，在绿叶丛中露出红楼一角，叶子和楼角水洗一般闪闪发光。

这个画面照亮了我的整个童年。稍大一点，每当和小伙伴谈起我还在襁褓里就去过大城市，我就会兴致勃勃，眉飞色舞，脑子里尽是高楼大厦，脸上都是幸福自豪。以后我曾经多次问过父母，在我很小的时候，他们中是不是有人带着我到过大城市？母亲和父亲总是摇头说，小时候家里穷得连吃饭都成问题，哪里可能去过大城市？

我不能说《四面八方》是我童年梦想的结晶，但是我可以说，它同我的梦想有关。

我的梦想是什么呢？是一幢楼。

《四面八方》就是一幢楼。这幢楼的基本轮廓是这样的——

小城皖西解放前夜，攻城部队兵临城下，一封公开的情书拉开了国民党军医学校四名同窗生死抉择的序幕。地下党员肖卓然釜底抽薪，策反同学反戈一击，成为新政权的翘楚；程先觉接受汪亦适劝说，先行一步赶往风雨桥头，跻身起义队伍；被特务裹胁的汪亦适劝说郑霍山携枪起义，阴差阳错，双双被俘。四个人的命运从此分野，历次运动此起彼伏，爱情友谊峰回路转，事业前程各有千秋。作品主要人物的遭遇阴差阳错，带有很大的偶然性。新政权第一代领导干部陈向真，清正廉明，鞠躬尽瘁。天地之间有杆秤，秤星就是老百姓，这句话从他的心里喊出来，他的追随者跟着喊了几十年。老八路丁范生，解放后当了领导干部，有补偿心理，多吃多占，后来发现老百姓还很困苦，幡然醒悟，终生赎罪，一直到生命的尽头还是用这句话鞭策自己——这就是《四面八方》的时代背景和人文环境，也是一个特殊文学建筑的地基。

　　作品的主人公肖卓然，是一个被赋予了浓厚理想色彩的人物。事实上这个人一辈子只做了一件事情，就是要为皖西的老百姓建造一个体检大楼，从而让老百姓知道自己正在过着什么样的生活、应该过什么样的生活，进而知道怎样才能过上那样的生活。我们的生活不仅需要粮食，我们的生活不仅需要金子。我们的物质条件改善了，不等于我们的生活水平提高了；我们的生活水平提高了，不等于我们的生活质量提高了；我们的生活质量提高了，不等于我们幸福了；我们幸福了，不等于我们的子孙后代还能得到幸福……肖卓然的这些观点，即便在今天看来，也应该是振聋发聩的。这部小说，从结构和内容上看，渗透了"城堡情结"，也渗透了我自己的很多生活体验，甚至包括童年的梦境和记忆。我曾经研究过《皖西革命斗争史》，对安徽省政协编辑的《安徽文史资料》也很有兴趣。家乡有很多老干部，譬如著名的淠史杭水利工程的早期领导人、原六安地区专员赵子厚，为皖西的水利事业呕心沥血鞠躬尽瘁，很像焦裕禄。还有我父亲的一个老同事，名叫许友明，曾经是我老家的公社主任，在粮食困难时期，他有一句名言，群众吃干，干部吃稀，群众吃稀，干部喝水。他就像一辆救护车，哪里旱了，哪里涝了，哪里的老百姓出现了困难，哪里的生产出现了问题，他就扑向哪里，以致积劳成疾，五十多岁就去世了。家乡人民对他们那一代基层干部非常崇敬、非常怀念。每当写到乡土的时候，我的眼前就会时不时地出现他们的影子。

在《四面八方》里，我这支怀旧的笔描述了一段也许是绝无仅有的历史，在这段历史里，我笔下的人们追求健康和文明的生活，尊重自然，改变社会，改变自身的命运，为了建设和谐美好的家园，一代又一代人进行了艰苦卓绝的努力。终于，那座凝聚着几代人心血的、也是我在心灵世界里惨淡经营了几十年的、象征着人民意愿的十八层白色大楼耸立起来了，它在天穹之下、阡陌之上，沐浴着明媚的阳光，呼吸着田野的气息，脱颖而出，茕茕孑立。我们所有的苦难、曲折、悲伤、爱情、希望、成功，都被这幢以梦想为栋梁、以文字为砖瓦构筑的大厦承载其中，昭示四面八方。也许这座城堡并不真实存在，却依然屹立在我们心灵的上空。

探视人性深处的明与暗

很荣幸受到邀请,回到安徽参加许春樵和李凤群两位作家的作品研讨会,见到这么多老师和老朋友,感受到浓浓的乡情和亲情,感受到独特的江淮文学氛围,感到很温暖。

毫无疑问,安徽是一片文学的沃土。安徽作家的作品一直是我文学营养的重要组成部分,小时候读过的陈登科、鲁彦周、韩安庆、李晓明等人的作品,近年经常读到当代颇负盛名的季宇、许辉、许春樵等人的作品,还有我的家乡陈斌先、张子雨、黄圣凤等人的作品,都给了我很多教益。它们让我感到亲切,也让我自豪。

认识许春樵,有一些年头了,我是他的朋友,也是他的读者。去年我们还一起访问巴基斯坦。此人给我的印象,很谦和,很低调,也很有智慧。这次召开他和李凤群的作品研讨会,我认真地看了他的中篇小说《麦子熟了》,感觉写得真好,好得让人心痛,也让人振奋。下面我谈几点粗浅的看法。

一是关注底层,书写弱势群体的生存状态。

文学是干什么的？我曾经用安徒生童话《卖火柴的小女孩》来表达我的文学观，我们人类，就是那个卖火柴的小女孩，在我们的生命过程中，总是会遇到饥寒交迫，不仅是物质层面的，还有精神层面的。小女孩手上的火柴就是文学，火柴点燃的光焰，就是文学作品，而在光焰里出现的老祖母和香喷喷的烤鹅，就是文学的梦想，尽管这梦想稍纵即逝，它的刹那光明，还是慰藉了人类的心灵。

春樵的《麦子熟了》，从技术层面讲，相当成熟，有章法，人物故事自然而然，有一种浑然天成的质朴美感，但是，作为一个写小说的人，我能体会春樵在作品以外下的功夫，包括对于打工生活的深入探幽、人物素材的取舍、时空结构的合理布局、语言的纯粹锤炼，所以使得小说引人入胜、耐人寻味、发人深省。麦叶、麦穗、麦苗姐妹三人的生活状况、生活理念和各自的情感命运，其实是整个打工阶层的典型缩影，关注他们的生活状态和精神状态，是非常重要的。他们既是作家的兄弟姐妹，也是作家的衣食父母，中国有句老话，水能载舟亦能覆舟，当今的打工阶层，就是社会基础的基础，这个基础如果没有得到很好的关注和关爱，那么，它将在很大程度上改变中国社会的意识形态，影响到子孙后代的伦理道德和价值观。这不是危言耸听。

二〇一六年十二月三十日，在中国文联十届、中国作协九届代表大会开幕式上，习近平主席有一段话讲得非常实在："国家蓬勃发展，家庭酸甜苦辣，百姓欢乐忧伤，构成了气象万千的生活景象……""广大文艺工作者大有可为，也必将大有可为。"春樵的《麦子熟了》，关注的正是"家庭酸甜苦辣，百姓欢乐忧伤"，因此我们也可以说，春樵的这个作品，已经大有作为了。

二是以人为本，探视人性深处的明与暗。

我看好《麦子熟了》，还有一个重要的原因，我喜欢作品里的人物，尤其是麦叶和耿田，麦叶作为一个有点文化的山村女性，对待情爱、性爱、欲望的态度是十分传统的，即便把自己累得像一堆水泥，她也不愿意接受王瘌子不怀好意的好意，去给王瘌子当"内助"，去挣那一份轻巧的两千八百元。如果说麦叶对王瘌子的嫉妒厌恶，来自于传统的贞操观和女性审美判断的双重因素，显得简单明了而又理所当然，那么，对于耿田这个人，麦叶的感情就要复杂得多。首先映入麦叶眼帘和心中的耿田，形象并不高大，无非就是游走于底层江湖的一个能人，而且口碑不好，麦穗就对麦叶说过，这个人至少跟二十个女人"闲扯"过，麦叶以后见到的陌生女工、主管等人，对耿田都有褒贬不一的评价。但是作者的高明之处就在于，他笔下的耿田始终让我们雾里看花，有一层看不透的神秘，关于他和女人的闲扯，传说再多也是传说，但是他对麦叶的表白却是赤裸裸的，"这些人当中，我就喜欢你"。另外，他做的那些好事，比如为工友乞讨加摊派的募捐，表现出古道热肠。再有就是他的行侠仗义，屡次置个人生死于不顾，路见不平一声吼，结果把自己搞得血肉模糊，背一屁股债。一定意义上讲，这也是一种担当，耿田是生活在民间的底层英雄，如果没有了耿田和耿田这样的人，民间只有王瘌子和王瘌子这样的人，底层社会就会依然黑暗,鬼子打来了,汉奸照样多如牛毛。当然耿田最闪光的一笔还是他在麦叶已经松懈了防线,因感恩、也因情感驱使,向他铺张一方欲望的床单时,他大义凛然地吼了一嗓子,"你把我看成什么人了!"我在读到此处的时候,隐隐感到一丝遗憾,觉得此时的耿田有点概念化,不是说他的大义凛然不可信,而是觉得这个过程叙事稍微简单了一点,如果此时的耿田内心的搏斗再刻画得细腻一点,故事的发展再曲折一点,或许效果会更好一些。

麦叶这个人物也很可信,甚至比耿田更可信。这个长年生活在大山谷底的女子,念过高中,读过琼瑶和席慕蓉的作品,有点小资情调,对于外面的世界,茫然中充满了幻想。而在思想情感方面,她还单纯、纯洁得像个孩子。作者为了发掘这个人物的内心变化,设计了一系列场景,让她在各种遭遇和事件中接受外部文化的挤压,比如在利益与人格的较量中,人格战胜了利益,宁可继续像水泥袋一样背负沉重的水泥,也不接受王瘸子的恩赐。再比如,她对麦苗的忧虑,对麦穗的怀疑,都体现了一个中规中矩的乡村女子的道德本能。但是,这个人物的成功之处就在于她是一个人,一个活生生的人,她既是我们似曾相识的中国传统女人,又是一个现代社会语境里存在的女人,她既有道德约束,又有冲破这约束的活力,她本身就是一个矛盾的集合体,她本身就是故事的动力源。我印象比较深的有两件事,一是耿田强加于她的三十元募捐款,要不要还这三十元,怎么还,这是个问题,这个问题像引擎一样,把麦叶内心很微妙的变化写了出来。第二个印象比较深的,当然是那个弥漫着欲望、真情和野性的国庆之夜。麦叶感恩耿田,请他吃一顿饭,这是顺理成章的事情。问题是什么时候请,在哪里请,以什么样的方式请,这是个技巧。不是麦叶的技巧,而是作家的技巧。作家精心构思了一次别开生面的二人宴,浪漫而又悲壮。耿田判断麦叶,"早就想把自己喝醉","想借醉酒从了我",一眼看穿了麦叶的心思,也一眼看穿了我们的心思。但是同样在这个地方,作者加了两句完全可以不加的话,让麦叶吊着老耿的脖子,逻辑混乱地呢喃着"借酒壮胆,借酒发疯,我要喝酒"。我感觉这几句话非常别扭,确实画蛇添足。当然,这是小问题,瑕不掩瑜。

三是直面问题,为中国社会底层把脉问药。

早在上个世纪之初,梁启超在《小说界革命》一文中就把小说上升到很高的地位,他认为小说可以救国,"欲兴政治,必兴小说,欲兴经济,必兴小说……"继而被鲁迅发现,但凡愚弱的国民,光是让他身体强健,没有用,还是当麻木的看客,国家弱成那个样子,老百姓还是只知有家不知有国,还是明哲保身,吃人血馒头,所以他认为,要想打造健康的民族精神,"首推文艺",小说的地位从此跻身文学的首席。

作家是人类良知的代言人,既要针砭时弊,揭露丑恶,又要让人看到希望。春樵的《麦子熟了》,实际上也是个问题小说,把性爱提升到桌面上来了,看似难登大雅之堂,实际上触及社会的神经末梢。在中国社会转型时期,有些问题,甚至是人类生存的基本问题都被忽略了，比如打工者子女就学问题，留守老人养老问题，有些问题得到了政府和各界的重视，但有些问题，比如打工阶层的感情生活和性伦理问题，我们不能回避这些问题，因为这些问题如果不能得到很好的解决，将会带来更多的、持久的伦理问题。老话说，贫贱夫妻百事哀，在社会底层，在最贫穷和困苦的地方，人的尊严得不到起码的尊重，人的欲望和本能更得不到理解和宽容，很多犯罪是社会造成的。世界级大文豪都非常重视这些想象，比如陀思妥耶夫斯基的《罪与罚》。在当代中国的打工世界里，"临时夫妻"是不是存在，我个人认为是存在的，而且应该是被宽容的。特别是像麦叶这样的女子，嫁了一个只会干活和发火的丈夫，夫妻分居两年多，通了一次电话，还被训斥了一句"神经病"。这样的男人确实不可爱。我记忆犹新的是，当麦叶回到家里，夫妻做爱变本加厉，当麦叶很多余地问了一句"你说，我们是不是畜生？"桂生回答得非常干脆："我们本来就是畜生。"我觉得这句话是一个很大的隐喻，如果我们没有正确的爱情观、婚姻观、性爱观，进而说，如果我们不能尊重生命，不能尊重他人，那我们就不仅是畜生，而且是野兽。野兽是要伤人的，桂生不就是一个极端的例子吗？我们不禁要问，像桂生这样的人，麦叶有必要为他守贞操吗？凭什么？

伟大的爱情，都是偷来的，或者是因为"偷"而发生的悲欢离合、生离死别。而《麦子熟了》，自始至终也没有偷成，反而衍生出一段扣人心弦的故事。显然，这不是一个爱情故事，也不是一个偷情的故事，虽然取材于底层小人物，但是它携带的思想内涵却是巨大的，它揭示的问题，既是社会问题，也是哲学问题。

历史是由故事结构的，理论是由故事生长的，文化是由故事培育的，信仰是由故事携带的。为什么呢？我们看基督教，它是宗教，但是它的教义都是故事，扬善惩恶的故事。佛家讲轮回，也是通过故事，劝善警世。中国没有严格意义的宗教，也就是说，在中华民族的精神发育史上，始终缺乏一个凝聚民族精神的文化体系，只能"以美育代宗教"（蔡元培语）。习主席在系列讲话中反复强调，"讲好中国故事，传播中国好声音"，就是这个道理，就是希望我们用文学艺术作品携带传播我们的理想信念。在中国文联十大、中国作协九大开幕式上，习主席强调："我们的文学艺术，既要反映人民生活的伟大实践，也要反映人民生活的真情实感，从而让人民从身边的人和事中体会到人间真情和真谛，感受世间大爱和大道。"我认为，写出小人物的悲欢离合，为改变小人物的生活而书写，就是我们作家艺术家献给世间的大爱和大道。事实上，在人类文明发展的历史上，无论是政治、经济、军事等等领域，无不渗透着文学的贡献。文学的力量有多大，文学的力量可能会影响到法律和制度，文学的力量无穷大。

文学想象唤醒科学想象

自从解放军艺术学院和新西兰梅西大学开展文化交流以来,"创意""创作""创新"就成为两所大学的热门话题。尽管远隔重洋,但是两国艺术家和艺术教育工作者很快达成了心灵的默契,成为精神同盟,息息相通,遥相呼应。我们从梅西大学和维塔工作室的朋友身上,感受到创造性劳动的勃勃生机,南半球文明的阳光,通过文化使者的传播,洒在北半球我们绿色的校园。

艺术与科学,是推动人类文明发展的两个轮子,是造福人类的最具创造性的劳动。著名物理学家,诺贝尔奖获得者李政道先生认为,科学与艺术的共同基础是人类的创造力,而想象力是最大的创造力。无论是科学还是艺术,创新精神都是必不可缺的。有史以来,不同的国家和民族,在艺术与科学两个领域的创造过程中,结晶了丰富动人的故事,形成了独特的历史和文化。今天,遵循习近平主席"讲好中国故事,传播中国好声音"的嘱托,我们来到美丽的新西兰,讲一讲我们中国的文学与科学,讲一讲我们的创意,讲一讲我们的故事。

文明发展的灵魂是创意。在中国文明的发展进程中，文学创意与科学创意始终相辅相成，例如，诞生在先秦的古籍神话《山海经》，表达了古代劳动人民改造自然的崇高理想，夸父逐日、女娲补天、精卫填海等寓言故事的文学想象，同时也体现了科学思维，成为科学与艺术这两种文化形态融合发展的原始版本。

最有典型意义的是神话小说《西游记》，它以超凡脱俗的文学想象，叙述了唐僧师徒四人西天取经的故事。一首脍炙人口的主题曲反映了不同寻常的历程："你挑着担，我牵着马，迎来日出，送走晚霞。踏平坎坷，成大道，斗罢艰险，又出发，又出发……"《西游记》是中国古典四大名著之一，最重要的是，它又是一部优秀的科幻文学作品，体现了中国古人的科学思维和创意精神。在这部著作问世四百多年后，里面的不少科幻故事都已经变成了现实：从毫毛变猴到生物基因，从腾云驾雾到卫星上天，从千里眼到高倍望远镜，从顺风耳到卫星电话……凡此种种不胜枚举。因此我们可以说，文学的想象，唤醒了科学的想象，一定程度上讲，文学也担负着科学幻想和预言的任务。同样，随着科学的发展，人民生活日新月异，又为文学创意打开了新的天地，极大地丰富了文学的视野，唤醒了文学的想象。因此我们可以说，艺术与科学，是一对亲兄弟，是互相补充、互相促进、互相唤醒、互相照亮的关系，就像我们中国和新西兰。

我国领导人习近平主席在系列讲话中多次强调，要讲好中国故事。这是因为，人类的文明就是由故事携带的。历史是由故事构成的，理论是由故事支撑的，文化是由故事孕育的，艺术是由故事凝结的。今天，我们两国的艺术家和艺术教育家，所做的一切努力，其实都是一个目的，讲好本国的故事。如果说科学是在自然界发现真理的话，那么，文学艺术就是发现人的真理，发现人的行为真相、情感真相、人性真相、灵魂真相，然后通过我们的创意，通过具有美感的形式，通过鲜活的故事，携带我们的价值观，携带我们的思想情感，携带我们的理想信念。虽然我们国家不同，民族不同，历史不同，文化不同，但是作为艺术工作者，我们担负的使命相同，那就是弘扬真善美，以我们富有艺术感染力的作品，引人入胜，动人心弦，发人深省，耐人寻味，从而净化、美化、善化人民的心灵，慰藉人民的情感，丰富人民的生活。

需要创意的不仅是形式，更是内容。文学艺术创意的本质目的是要满足人民的精神需要。我曾经用安徒生童话《卖火柴的小女孩》来表达我本人的文学观，在生命的漫长黑夜里，我们每个人都是那个小女孩，我们的生活总会遇到矛盾和艰辛，我们手中的火柴就是文学艺术的火把，它燃烧的火苗就是我们的创意作品，在火苗中出现的老祖母和香喷喷的烤鹅，就是我们的创意带给人间的希望。这个世界，如果美好的文艺作品多了，深入人心了，那么，老祖母和烤鹅就不仅仅出现在梦幻里，而会真实地出现在我们的眼前。或许，我们这些艺术家和艺术教育家就是别人在梦中期待的、端着烤鹅的老祖母。文学艺术的本质就是照亮我们的生活，照亮我们的生命，为人类提供更多的香喷喷的烤鹅。

最后，我要向新西兰朋友郑重推荐中国的古典神话小说《西游记》，除了文学想象对于科学想象的唤醒，这部作品还有一个重要的特点，就是传播真善美，鼓励人们向上向善向美。尽管以孙悟空为代表的正义力量同妖魔鬼怪进行艰苦卓绝的斗争，也同唐僧的错误路线和猪八戒的腐朽生活方式进行斗争，但是，作品不宣扬暴力和阴谋，在所有的战斗描写中，都贯穿着童心，生命的较量最后总是以生命形态的转化收场。作为一部文学作品，《西游记》给人类传播的是善良、正义、智慧和温暖的力量，我希望这部作品引起在座的朋友注意。或许，在不久的将来，我们还会坐在一起，谈谈《西游记》，谈谈《西游记》的精髓或者败笔，谈谈关于《西游记》的创意，谈谈我们两家的"新西游记"。

一只手和一千只手

在李浩老师主持的创作课上,我给同学们讲了一个故事,引发了一场持久的讨论。这些讨论非常有益,检验了同学们的观察力,激活了想象力,生发了丰富的形象思维。

一只手和一千只手的来历

故事梗概:上个世纪七十年代,西北戈壁上一个电台通讯网站里,一名呼叫代号嘉峪关的女报务员在电报往来中熟悉了上端一个代号叫山海关的男报务员,"NITY"(你好)成了他们每次工作之后的结束语。他们不知道对方是谁,却又彼此关注,在辽阔空旷的戈壁上,在苍凉孤寂中,他们通过简短的问候互相取暖,度过了漫长的青春岁月,在千里之外想象着对方。在第六个年头,有一次嘉峪关发现对方的指法急促而兴奋,业务精湛的嘉峪关很快从慌乱中冷静下来,迅速找到感觉,完成了上传下达的任务。在此后两天的报纸中和炊事员加菜的行为中,她得知他们前两天一起参与了一项重大的秘密,中国的第一颗原子弹试验成功了。这个秘密让他们拥有同样的振奋,拥有了更深的默契,也加深了思念。不久,山海关在电报中告诉嘉峪关,他即将复员,火车将在嘉峪关所在的通讯网站附近的小站停靠两分钟,嘉峪关当即表示,她届时将去会面。到了约定的那天,嘉峪关克服了重重困难,终于在列车停靠的时间内赶到了落日沉寂的小站,就在这时候……就在这时候出现了悬念,故事讲到这里,我突然意识到二人如何见面是个问题,我忘记了原小说里二人见面的场景描述,而按照我自己的经验,一般说来,运送复员老兵的列车通常是人头攒动,那么,火车下面的嘉峪关如何从千百张面孔中一眼看出山海关呢?这确实是个问题,因为此前他们并没有见过面。急中生智,我描述了小站的场景,落日黄昏下,孤寂的小站下面站着一个孤零零的女兵,车上的复员老兵争先恐后地伸出手臂向她致意,她在焦急地寻找着山海关,蓦然,她的目光停住了,她从一千只手里找到了她要找的那只手,因为……因为什么?一个名叫任如玉的同学站起来回答了一种假设:因为她看见了一只发电报的手。任同学一边说,还一边用手指做了发报的动作,"NITY"。这堂课的主讲老师李浩和多数同学面带惊喜,几个同学窃窃私语说,太精彩了,形象,生动。李浩说,这是一个决定高潮的细节。但是,也有同学当即反对说,不可能,一眼就从一千只手里认出一只手,不真实!

在短暂的时间内,我的学生就分成两派,A派认为不仅真实,而且精彩。B派则认为，这是异想天开，不符合逻辑。于是乎，问题出现了，这就是我今天要和大家讨论的话题：关于一只手和一千只手。

现在说明一下，刚才我讲的故事，同我有点渊源。三十年前，我初学写作，第一个短篇小说名叫《相识在早晨》，发表在《飞天》杂志1983年第7期，同期刊物还有一篇小说，名叫《落日沉寂的小站》，给我留下了很深的印象，多少年后，那篇小说描述的意境在我的脑海里仍然栩栩如生挥之不去，只是年代已久，我的讲述已经不再是原小说了，或许岁月赋予故事更多的诗意，人物故事都有我本人再度创作的成分。

能不能从一千只手里一眼发现一只手？

在回答这个问题之前，我想先谈另外一个话题。在我看来，不论是艺术还是科学，创造性人才的首要条件就是要有天才，天才的含义应该有两个部分，一部分是先天的，一部分是后天的。天才是不是可以遗传？我没有拿到不可以遗传的证据，也没有拿到可以遗传的证据，所以我既不肯定也不否定，这是科学家的事情。我在这里提出讨论的是后天才，即在学习和实践中积累的，由性格、知识、经历、能力等等作为基础，升华而成的特殊能力，也就是特质。一个人的艺术特质首先体现在他的兴趣上，外在表现在他的敏感程度上。

以前面讲的故事为例。当故事里出现了"从一千只手里认出了一只手"的细节之后，在我的学生当中，至少出现了两种思维运动，一种是审美判断，一种是论证判断，审美判断产生的反应是美感，论证判断产生的反应是失真。这里没有对错之分，只有方向不同。前者是艺术的判断，形象思维走在前面，首先判断的是美不美，真不真的问题暂时放在一边；后者相当于科学的判断，是理性思维走在前面，首先判断的是真不真，美不美的问题还顾不上判断。

我的结论是，理性思维走在前面的是科学思维的惯性，感性思维走在前面的是艺术思维的惯性。

接下来，我们再来讨论，能不能从一千只手里一眼看出一只手来？我的答案是完全可能，这是因为，第一，一只手在一千只手里，占据的份额是千分之一，从一千只手里一眼看出一只手，至少存在千分之一的可能，即便从科学的角度看，千分之一的可能也是可能，不是千分之零的可能。因此我们说，存在这种可能并非违背逻辑。第二，中国有句老话，心有灵犀一点通，这个灵犀其实就是建立在人性之上的神性，人与人在感情交流中，不知不觉建立了心灵的默契，储存了对方的某些信息密码，一旦进入特定情境就会释放出来，神使鬼差地命中对方的心灵。不要说小说创作，即便是现实生活中，这样的情景也是很常见的。第三，也是最重要的一点，就是要区别科学发现和艺术发现之间的区别，科学追求的是绝对真理，而艺术不必阐释真理。如果我们用简单的逻辑思维来考量艺术，那么古今中外一切文学作品都是无稽之谈，不要说加西亚·马尔克斯和莫言的魔幻现实主义,也不要说鲁迅这样的现代派作家,即便是托尔斯泰和巴尔扎克的现实主义,也会被"真实"这面镜子弄得千疮百孔面目全非。文学领域里强调的"真善美",指的是艺术的真实,而不是现实生活的真实,如果不明白这一点,小说是没有办法写下去的,甚至读小说都会经常义愤填膺。

如何从一千只手里一眼发现一只手?

既然我们认为,可以从一千只手里一眼发现一只手,那么接下来的问题是,如何从一千只手里一眼发现一只手,这不是山海关和嘉峪关的事,这是作家的事。我们虽然不同意B派的观点,但是B派提出的真实不真实的问题,也是不能忽视的。毕竟,从一千只手里一眼看出一只手,是千分之一的概率,多少有点巧合,即便是前面说过三点理由,但是过于巧合的事情,在小说里能避免还是尽量避免。我提出,除了任如玉同学的假设以外,试试看能不能讨论出更好的办法。同学们热情高涨,提出了很多方案,比如事前约定接头暗号,让山海关在最后一节车厢手里举着报纸;比如在众人挥动手臂的时候,山海关举起一块牌子,上面写着"山海关"三个大字;再比如,让山海关大声喊叫,呼唤嘉峪关,等等。

我觉得这次讨论很有意义,我们说,文学教学的重点在于传递艺术感觉,启发文学悟性,那么讨论就是一种比较好的形式。通过讨论和争论，同学们的想象力被激活了，思路被打开了，视野拓宽了。但是，从艺术效果来看，这些设想并不理想，所有理性的假设对于艺术创作，都带来了伤害。比如说，事前约定，把一切困难都想到了，一切问题都解决了，那么，两个人顺利见面，那就没有意思了，小说不能这么写。我开玩笑说，即便是约定暗号，我们也一定要让暗号失灵，如果提前约好山海关举着牌子，我们也可以让牌子被风刮跑，总而言之不能让他们顺利相识，一定要捣乱，就是让他们在几乎没有相识的可能的前提下，让他们在绝望中、快要放弃的前提下，峰回路转，精彩相识。

比较而言，这些方案还是没有任如玉同学提出的假设精彩。她的假设是，在一千个人都向嘉峪关挥手的时候，唯有山海关的胳膊纹丝不动，但是他举在头顶上的手指在微微悸动，那正是嘉峪关熟悉的发报语言。

我个人认为，在没有更好的方案之前，任同学的这个方案应该是首选，因为这个细节具有丰富的情感力量，此处无声胜有声，确实把小说推向了高潮。但是，必须指出的是，我们并不认为这个方案就意味着是最佳的选择，也不是说这个方案就无懈可击，文无定法，没有最好的，只有更好的。同时，如果用这个细节，那么作家需要在此前解决诸多问题，做大量的铺垫。第一，就像我们知道的，两个人是有过发报往来的，彼此之间有职业默契。第二，在规定情境内，似乎也需要首先为山海关制造一个相对醒目的空间，以便嘉峪关的目光能迅速摆脱外界的干扰,集中在嘉峪关的手指上。第三,精彩来自于千分之一,必须在一千只手中看见那只手,在一千个呼喊声中听到唯一的喊声。

我的最后设计,在任如玉的基础上做了一些调整:在一千只挥动的手臂里,突然,汽笛响了,列车启动了,一千只手臂都停了下来,一千双眼睛都在注视着车下这个眼含泪水的女兵,这时候,一双手在车窗外出现,哒哒,哒哒哒,哒哒,落日的余晖下,列车远去,小站重归寂静。

小说到此结束。我的分析也到此结束。

阅读与发现

一个人为什么写作,首先是因为阅读。

在我看来,阅读至少可以分为两种,一种是被动地阅读,一种是主动地阅读。我们早期的阅读,多数属于前者,小学、中学直到大学,教科书里的文章,不得不读。特别是现在的学生,要走过应试教育的各个阶段,不管有没有兴趣,那些指定的文章和作品,不读不行。但是进入文学系,准备写作了,准备当作家了,情况就逐渐发生了变化,开始凭着兴趣,有意识地进行阅读选择,逐渐地增强了阅读的主动性,并且逐渐地缩小阅读的范围,范围缩小了,路径也就渐渐明晰了,沿着自己的方向往前走,可能就是一条通向成功的道路。

我曾经说过,开卷未必有益,主要是针对那些没有用的书。现在的出版物很多,出现一些问题。第一个问题是,文化事业变成文化产业,出版人受利益驱使,出版物中虚假广告名不副实者流行;第二个明显的问题是,官场、商界等领域附庸风雅,以写书出书装点门面,甚至借用出版洗钱,滥竽充数者比比皆是;第三个问题是,学术界为了生存和发展，求得课题项目，故弄玄虚牵强附会者甚多。基于以上主要原因，我认为阅读的问题不是个小问题，如果我们不能清醒地认识到这个问题，就有可能误人子弟。

关于阅读，我有些思考，今天和同学们做个交流。

一是精大于多。一个作家能走多远，与他的阅读有关，更与他在阅读中形成的思想见解有关，当然是多多益善，所谓读万卷书行万里路。但是这里面有个问题，是读万卷书之后行万里路呢还是边读边行？也就是说，一个人，是读万卷书之后才开始写作呢，还是边读边写？我觉得应该是后者。如果没有写作的实际经验，没有进入写作过程的微妙体验，那么就会出现"纸上得来终觉浅"。但是，边写边读，感觉就不一样了，读别人的书，想自己的书，遇到一个好的故事，产生一个好的灵感，会心一笑，浮想联翩，举一反三，把读书体会和写作体验结合起来，思想会成几何倍增长，这样的阅读往往是最有效率的，事半功倍，最大限度地开发书籍的利用价值，并且创造书籍本身以外的价值。

读书当然要读经典，因为经典是经过千百年、亿万人检验的。什么是经典，虽然也是个模糊的概念，但是中外文学史上榜上有名的那些作品，相对来说是比较可靠的。但是不是要把那些作品读个滚瓜烂熟以后再来写作呢？我认为没有必要，也没有可能。如何解决全与偏、多与少的矛盾呢？我给大家的建议是，在校期间，寻找、发掘自己的兴趣，沿着自己的兴趣，首先形成一个自己的阅读方向，培养相对成熟的阅读风格，比如有些同学对批判现实主义情有独钟，你就可以首先选择果戈理、陀思妥耶夫斯基的作品；有些同学对浪漫主义有感觉，你可以首选雨果和普希金。对于军艺文学系的学员，我当然鼓励大家首先熟悉战争文学作品，你可以重点阅读普法战争、美国南北战争和第二次世界大战文学作品，还可以首先集中在苏联卫国战争文学作品的阅读上，一部作品到十部作品，由点到线；再从苏俄的作品到美国、法国、中国、德国的等等，由线到面，再由第二次世界大战的作品到古战争作品，由面到体，形成一个重点阅读领域。我主张同学们，最好找到自己特别喜爱的作家和作品，几个十几个，几部十几部，把他们的作品读得滚瓜烂熟，像自己的初恋一样刻骨铭心，照亮自己的创作道路。我读军艺的时候，正是加西亚·马尔克斯风靡一时，但是我不喜欢他的《百年孤独》，我喜欢《霍乱时期的爱情》，喜欢到什么程度呢？喜欢到一次买二十本，到处送人。几年以后，在我家厕所的书架上，在我的办公室，在我的老家，都有这本书。

当然，我这样说，并不是说有了自己的阅读领域和喜爱的作家作品，别的书就可以不读了，不，无论是作为创作的需要，还是作为普通生活的需要，拓展阅读面，开阔视野，永远都是必要的。我的意思说，首先要建立自己的阅读根据地，有了核心，有了地盘，才向外蔓延，效果会更好。我把我前面说过的话再换一个说法，一个作家能走多远，固然取决于他的阅读长度、宽度和高度，更取决于他的阅读深度，这就引出了我的第二个阅读体会。

二是读大于书。一个人读书的目的有很多，有人读书是为了增加知识，有人读书是为了娱乐，而对于文学创作者而言，读书在于发现，站在个人的立场上，发现人的行为真相、情感真相、人性真相、灵魂真相，同时也发现文学的技巧，发现揭示这些真相的表现艺术，发现更为广阔的表现空间。读书重在领悟，读大于书，悟大于读。作家是需要天才的，这个天才首先就体现在读书的感觉上，读半本书，悟一本书，读一本书，写两本书，举一反三，融会贯通，这样的阅读才是天才的阅读。要引导学生善于读到书籍以外的东西，产生自己的独特感悟，比如思想情感，人物故事，意象意境等，从别人的作品里引发出自己的深入思考和创作想象。什么是好书？好书就是每读一遍都有自己的体会，上军艺的时候，我喜欢读刘再复的《性格组合论》，第一次读，画了很多黑道道，那些都是当时我认为的精髓；可是几年以后再读一遍，又用红笔画了很多道道，再过几年，下面被画满了，密密麻麻。我觉得读这一本书，明白了很多文学的道理，特别重要的是，我产生了自己的体会，也就是说，我读出了我自己。我后来写《历史的天空》，坦率地说，受这本书的影响很大。

作家当然需要有一定的阅读量，但是不能跟风，不能赶时髦，不能听风就是雨，要深耕精读，一本胜过十本。打个比方，曹雪芹没有读过军艺，肯定也没有读过弗洛伊德，他照样写出了《红楼梦》，因为他读懂了社会和人生。

我刚到文学系任教的时候，学生就提出问题，说大家不会编故事，而不会编故事的根本原因是脑子里没有故事。要我跟大家讲讲，怎么找故事。我当时讲了一首曾经在网上流行的小诗"前天放学回家，锅里热着一碗油盐饭；昨天放学回家，锅里没有了油盐饭；今天放学回家，我做了一碗油盐饭，放在妈妈的坟前"，虽然这不是什么经典，但是我们从这首小诗里发现了它隐含着丰富的小说元素，我启发学生从这首小诗里找到自己的发现，这是一个什么样的家庭，时代背景是个什么样子，从前是什么样子，左邻右舍是个什么样子，这么前后左右展开联想，培养了想象力，派生出很多作品，由此可以得到启发，其实任何一个经典作品，里面都有很多留白，很多线索，可以无限地想象下去。去年我写了一部小说《好一朵茉莉花》，启发大家补写、续写、改写，原作里面提到了日本人强制培训中国的学生唱日本国歌，练习升日本国旗，但是没有展开。2012级学员周雨青就发现了，这个没有展开的场景隐含着深层的矛盾冲突，暗示着可能发生的民族文化较量，她另辟蹊径，节外生枝，离开原作母体，但是没有脱离原作规定的情境，写了一部短篇小说《合唱》，可以说，她就是读出了、从而写出了自己的发现。

三是残大于全。这是我自己的特殊的阅读体验，不一定有普遍意义，但是也有借鉴价值。我读小学中学的十年，正好是"文革"的十年，那时候，我们那个小镇收缴了很多"毒草"，记忆中有《茶花女》《牛虻》《基督山伯爵》《红楼梦》《三国演义》等等，我们这些小伙伴飞檐走壁从公社的小楼里偷来，坐地分赃，然后互相交换。前面还能看到一些完整的，交换到最后，很多都是有头无尾或者中间断开的，有些书页被小朋友撕掉做别的用处了。我记不得看了多少这样残缺的书了，刚开始很难受，有的故事看到一半没有了，或者看到后面没有前面的，夜里翻来覆去睡不着，干什么呢？就在想那些没有看到的内容，前后左右，前因后果，按照自己的想象把这个故事编囫囵了，然后在学校和家里跟大人讲这个故事，多数时候磕磕巴巴，讲着讲着就能自圆其说了。我记得有一次夏天乘凉，我给奶奶和母亲讲故事的时候，我姐姐揭发我说，他瞎编的，那本书我看过，根本不是他讲的那回事，然后她就把书里真实的故事一五一十地讲了出来，弄得我无地自容。十年前我得茅奖，回到家乡，讲起这个故事，我姐姐惊呼，没想到瞎编这么重要。

课间休息的时候，张老师提到了"文革"时期流行的手抄本，唤起我一段美好的记忆，那个时期不是"毒草"的公开出版物很少，印象中的文学期刊主要是上海的《朝霞》，文学书籍主要是《艳阳天》和《金光大道》，四川有个作家克非，写了一部长篇小说《春潮集》，初版就发行二百万。那些作品无不打上阶级斗争的烙印，正确路线的代表和错误路线的斗争，正面人物基本上没有大的缺点和错误，反面人物一坏到底，基本上没有良知和人性。难为那个时代的作家，受到这么狭窄的局限还能写出小说。大约到了"文革"后期，在知青当中流行起了"手抄本"，像《梅花党》《一双绣花鞋》《第二次握手》等等，对于我们这些阅读贫乏的人来说，真是久旱逢甘霖，如饥似渴。那种阅读体验可以用一句话来表达,"醉时添杯不如无,渴时一滴胜甘露",在饥饿中阅读,即便是粗制滥造的作品,也能最大限度地汲取营养。

现在想想,这段经历实在是太重要了,看不完整的书,实际上是最好的创作训练。这也给我一个启发。贫穷岁月,拥有的书籍较少,把仅有的几本视为珍宝,反复阅读,有的故事可以倒背如流,书里面携带的思想情感会逐渐成为我们精神生活的重要部分。现在可以读的东西多了,加上网络技术,什么样的故事都有,什么样的阅读期待都可以得到满足,没有阅读的饥饿感,很难把一本书读透读熟。还有一个新的情况,现在的孩子太理性,读书的目的性很明确,带着任务读,奔着分数读,无暇顾及知识以外的风景。

四是见大于解。作家和艺术家读书,同科学家读书是有区别的。科学家读书,追求的是真理,哪怕是相对真理,一加一等于二,一点都不得含糊。但是作家和艺术家读书,无论是思想情感还是形式技巧,都不能说追求真理。从思想认识上说,作家的价值观、人生观、道德观,也包括文学观,要允许见仁见智,只有可能,没有必须。从艺术形式上说,文无定法,只有永远的创新尝试,没有一成不变的定义公式。对于社会人生,作家的正确认识固然重要,而最重要的,不一定是正确的认识,而是自己的认识。也就是说,作家的阅读,价值不在于接受和认同,而在于受到启发,更在于引起怀疑。我过去说过,对于文学创作而言,最好的学校是自己,最好的老师是风气,最好的作业是困难,最好的学习是质疑。最后这一点尤其重要。我们在阅读中产生的疑问越多，产生的想象也就越多，不一定产生标准答案，但是产生各种结局、命运的可能的想象，这一点尤为可贵。为什么说见大于解呢？首先，这个见同"现"，就是发现，发现经典里揭示的人的真相和世界、历史的真相，在阅读的过程中，在人们一遍一遍地阐释解读之后，又有新的感悟，新的认识，新的思考，形成新的见解——这个见解不一定是正确的，甚至可能是曲解、误解、错解、反解，但只要是自己的见解，就是可贵的，因为只有自己的见解才有可能是自己前进的引擎。否则，见解再多再正确，也都是拾人牙慧，复述正确的废话而已。

擦一根火柴照亮人生

童年的幸福有两个，一是有饭吃，二是有书读。

先谈吃饭。我的老家在皖西的一个小镇上，父亲是当地的一名小干部，母亲是一名小职员，父母的工资加起来每个月有七十元钱左右的收入，这在上个世纪六七十年代的农村，是颇受人羡慕的。我读高中的时候，每个月家里发给我十元钱伙食费，除了买饭票，至少还有五块钱的菜金。为了最大限度地搞好生活，星期天我到姥姥家或者母亲的食堂蹭饭，临走时再带上一大茶缸咸菜供早晚下饭，从而确保隔三岔五能在学校的食堂里买上一份肉菜。说是肉菜，其实菜多肉少，拳头大小的碗，下面是萝卜雪里蕻，上面零星覆盖几块猪肉。我连汤带水把它扣进饭碗里，首先从最底层吃起，那种沾了肉汤的米饭吃起来很香。第二个步骤，吃菜拌饭，更香。在这个过程中，那几块肉丁始终完整地簇拥在碗头，一会儿在左边，一会儿在右边，香气四溢，光芒万丈。等汤水饭菜全部吃完，好，幸福的生活开始了，这时候再看看身边的动静，咽两下口水，长长地出一口气，用颤抖的手撮起颤抖的筷子，慢条斯理地盘剥那几块猪肉。

很多年后，当有人问我什么是幸福的时候，我回答他，当你把所有的东西都吃完并且意犹未尽似饱非饱之后，你的碗头还剩下几块猪肉在等待着你，还有比这更幸福的事情吗？

诚然，那是一个从精神到物资都非常匮乏的年代。从1965年到1976年，我读小学、初中到高中，基本上同"文革"同步进行，除了学业基本上荒废，学得一身打架斗殴撒谎偷懒的本事以外，没有被饿死或者长成侏儒，这已经是很大的幸运了。

就像多数人经历的那样，我的文学启蒙最早是从家庭开始的，主要是听我的奶奶和母亲讲故事。奶奶一个大字也不认得，她老人家似乎特别喜欢讲勤俭持家的故事，多半是神话，她曾经讲过一个老地主考察干部的故事，老地主为了在儿媳中选择管家，故意在厕所的地上扔了一团白米饭，大儿媳二儿媳来上厕所，对那团白米饭熟视无睹，捂着鼻子解了手就离开了。小儿媳来解手，看见地下有一团米饭，二话不说，就捡起来吃了，以后这个小儿媳就成了当家人，把家里管得红红火火。这个故事简单至极，但是却有深刻的含义。奶奶和母亲常常挂在嘴里的话是，吃不穷穿不穷，算计不到才受穷。或者是新三年旧三年，缝缝补补又三年之类。母亲粗通文墨，讲的故事似乎就有了更多的人生哲理，比如乌龟和兔子赛跑，孔融让梨，狼来了之类，多半告诫人要诚实、勤奋、礼让。

长大了，就开始读书。

我的老家洪集据说是一个很有历史的古镇,甚至有传说是一代州城的遗址。传说是否属实,我不知道,但是我很小就知道老家很热闹,尤其是夏天,街东头的操场上三五成群有很多人乘凉拉呱,街上有不少怀才不遇的人物,穷得连饭都吃不起,还能眉飞色舞口若悬河,谈古论今展望未来。尤其可喜的是,在那些贫穷破败的草屋瓦舍里,居然还堆积着很多书籍,有些甚至是经典名著。近年我常回故乡,发现老家小镇从人口和面积讲,至少是六十年代的五倍,但是我敢断言,从民间收藏的文学经典数量而言,恐怕连六十年代的五分之一都不到。

毋庸置疑,那个年代耽误了很多人才,而我要讲句良心话,我是那个年代的重要受益者之一。为什么这样说呢?原因有两个,一是那个年代考试马虎,连上课都马虎,这对于我这样一个性情懒散的人来说,无疑正中下怀。二是在那个年代里,我因祸得福读了不少书。

街上有不少小商小贩,多数是半瓶子醋知识分子,书就是造反派从他们的家里作为"四旧"收缴过来的,堆放在公社大院的一个土楼子上。有一天,我们"公社小孩战斗队"几个七八岁的孩子逃学回来,飞檐走壁潜进去,个头大的书被认为值钱,当然成了重点争夺对象,因为分赃不均很快就发生"内讧"。我在那支队伍里实力中等,拳打脚踢搞了不少连环画。那些连环画在相当长一个时期成了我的宝贝,吃饭上厕所都是手不释卷,如醉如痴。看了一遍不过瘾,三遍四遍反复看。那时候,我能把许多故事倒背如流。后来我用看旧的连环画和一些自制的玩具跟其他小伙伴开展地下贸易，又换回来不少，还有大块头的书，其中印象比较深的有《安徒生童话》《蒙古民间童话故事集》，还有《烈火金刚》《平原枪声》等等，这一下就发大财了，用文人的话说，真是坐拥书城，富甲天下。我小时候对童话情有独钟，那本《蒙古民间童话故事集》，里面有很多惩恶扬善的故事，譬如一个贫穷善良的牧民，运用自己的智慧，编造一个神话，用泡尿从贪婪的财主手里换取牛羊，接济穷人……这些故事引起我的极大兴趣，也产生了很多幻想。多年后我还十分怀念这本小书，记得那是用铅灰色草纸印刷的，配有插图，工艺粗劣，但是内容丰富。去年我从《作家文摘》上看到一篇文章，纪念一名陈姓女翻译家，介绍她的译作时，提到了她曾致力于翻译蒙古民间文学，我怀疑那本《蒙古民间童话故事集》就是她老人家翻译的，在此我向她表示真挚的谢意。

我的童少年时期的阅读，也是伴着辛酸血泪的，借书不还、赖书不给、丢书不赔而被小伙伴围追堵截，有家不敢回，甚至被打得头破血流，这样的事情经常发生。我记得有一次，我和我姐姐协议轮流读一本书，好像是一本连环画《灰姑娘》，到了规定移交的时间，我赖着不给，姐姐催讨未果，就动手来抢，三下两下，战争升级，我在前面跑，姐姐在后面追，一直把我追到野外的红花草地里。那时候我还属于弱势群体，被我姐姐打翻在地。不过，我也不是省油的灯，书虽然被她抢走了，我也把她踢得浑身是泥。前几年回故乡，我开玩笑讲起这个故事，我姐姐痛心疾首说，哪里知道你后来能当作家呢，早知道这样，打死我我也不跟你抢书啊！我哈哈大笑说，梅花香自寒苦来，读书趣味就在抢。

读读写写，几十年过去了，我由一个偷书、抢书、抄书、编书的人，最终成为一个写书的人，归根到底，我觉得还是早期的阅读催生了文学的种子。前几天一个编辑家问我对于畅销书的理解，我脱口说出两个字，动心。一部好的作品，只有深入人心，才能流传于世。安徒生的童话在世界上广为流传，经久不衰，这说明了什么？这说明只有抓住心才能抓住人，才能抓住市场。四十年前我读了安徒生的《卖火柴的小女孩》，至今想来，仍然为之心动。我的儿子上大学之后，要我推荐课外读物，我向他推荐几本童话，他起先不以为然。可是后来读进去了，他跟我讲，这个故事确实太经典了，值得长久回味。我问他，你从这个故事里读到了什么？儿子的回答让我又是一惊：这个社会如果不能给我们提供起码的食物和温暖，我们还要这个社会干什么？

我认为回答得好，一个小小的童话故事，你可以一遍一遍地解读，而每读一遍，你都会有新的感慨和新的判断。

我想，我们每个人可能都会受到童话的影响，也可能在很多时候都生活在童话之中。漫漫人生路，不知道会遇到多少坎坷，读一本好书，就好比擦亮一根火柴，它会在你困顿疲惫的时候，照亮你脚下的路。也许我们比安徒生笔下那个女孩幸运，因为我们有很多火柴可以擦亮，打开一本好书，就是一片明朗的天空。

显然，作为一个作家，读书更是须臾不可或缺的事情。而在我看来，读书不必跟风，不必人云亦云，不必贪大求洋。回顾我的读书历史，起步很早，范围很小，时尚很少，但是这并不影响我成为一个作家。我后来确实又读了不少书，有些还很受益，但是早年读的那些童话，对我的启蒙和影响是地久天长的，也是不可取代的。当我感到饥饿和寒冷的时候，我就会擦一根火柴，我看到的不仅是那香喷喷的烤鹅，我还会在那微弱的光焰里看见我亲爱的祖母和姥姥。